W0406600

LES DOMESTIQUES

DU MÊME AUTEUR

LES DOMESTIQUES, Actes Sud, 2001 ; Babel nº 2000.

Titre original :
Los Sirvientes
© Gustavo Bossert, 2001

© ACTES SUD, 2001
pour la traduction française
ISBN 978-2-330-20262-0

GUSTAVO BOSSERT

LES DOMESTIQUES

roman traduit de l'espagnol (Argentine)
par André Gabastou

BABEL

La voiture bleue, repérable au ronflement irrégulier de son moteur et à ses hautes ailes foncées, traversa le village et s'arrêta devant l'entrepôt de grains. Derrière la haute porte qui s'ouvrait sur la rue s'entassaient des sacs de céréales, des rouleaux de cordes, des rangées de faux, des outils et, sur les étagères, des denrées comestibles, des paquets de tabac, des exemplaires du *Martín Fierro* et de *Don Segundo Sombra* entre des jeux de cartes et d'autres divertissements pour gens de la campagne. Sur la façade, un panneau annonçait “Entrepôt de grains Remigio Bermúdez et Fils”.

Un homme jeune, grand, à l'allure et aux mouvements vigoureux, accoutuma ses yeux à la pénombre et s'approcha du comptoir où un autre homme, probablement M. Bermúdez, le patron de l'entrepôt, vérifiait le talon d'un carnet à souches.

La voix aiguë et sympathique des clients, paysans aux pantalons bouffants et chaussés d'espadrilles, femmes qui tenaient leurs enfants par la main et remplissaient sans se presser leurs paniers et leurs sacs à provisions, témoignait des manières paisibles, rurales, des gens du coin.

L'homme qui venait d'arriver attendit que l'autre lève la tête et l'interroge du regard. Puis il demanda :

— Monsieur Bermúdez ?

Le patron de l'entrepôt acquiesça d'un signe.

— Le journal dit que pour avoir des renseignements…

Le regard immobile de l'homme lui fit comprendre qu'il n'avait pas saisi ce qu'il disait. L'étranger sortit alors d'une poche de son blouson une feuille de journal, la déplia sur le comptoir, montra, pour que l'autre puisse la suivre des yeux, une petite annonce entourée de rouge et lut à haute voix :

— "Famille Martí cherche couple pour travaux domestiques. Salaire à négocier, maison de campagne. San Francisco. Pour tous renseignements, s'adresser à l'entrepôt Bermúdez."

Le patron prit la feuille et relut l'annonce ; puis il s'écria, surpris :

— Les Martí cherchent un couple ?

Comme si l'étonnement du patron l'inquiétait, l'étranger répondit d'une voix hésitante :

— Ben, c'est écrit ici…

Alors le patron, voulant rassurer l'étranger, s'empressa d'acquiescer.

— Oui, c'est écrit ici, c'est tout à fait clair. Et d'un ton assez ferme, il ajouta : Il était temps que les Martí se décident à prendre des gens à leur service ; ils sont âgés et ils sont très seuls.

— Ils sont vieux ?

— Oui, presque des vieillards, mais ils se débrouillent encore par eux-mêmes. Et bons comme le pain. Ici, au village, ils ne sont mal vus par personne ; vous pouvez me croire, tout le monde les aime. Mais ils sont très seuls.

Le sourire aux lèvres, comme si cette déclaration était encourageante, l'étranger tendit une main tout en disant :

— Javier Ramírez, pour vous servir. Il tourna ses yeux vers la rue et ajouta : Ma femme est dans la voiture. Puis il expliqua : On vient de la capitale. On en avait assez de la ville. Ça fait un bon bout de temps qu'on cherche quelque chose à la campagne et, ça, c'est une occasion. On a vu cette petite annonce et on n'a pas réfléchi à deux fois.

— Vous avez bien fait. Ici vous n'allez pas vous enrichir, mais vous vivrez tranquillement et plus longtemps qu'en ville, dit le patron d'un ton satisfait. Et, visiblement intéressé par la conversation, il ajouta aussitôt : On dit que là-bas les gens sont fous, c'est vrai ? Qu'ils n'ont même pas le temps de prendre l'apéritif…

Mais l'étranger avait envie de continuer à parler du couple qui avait fait passer la petite annonce.

— Si ce sont des gens âgés, comme vous dites, tant mieux, moins de travail, plus de calme que dans ces familles où il y a des enfants.

Puis il voulut savoir si c'était une très grande maison, dans laquelle il risquait d'y avoir trop de travail pour deux personnes.

— Pas du tout, ne vous faites pas de souci, c'est une maison comme une autre. L'an passé, ils ont pris une bonne et elle se débrouillait toute seule. Mais elle n'est restée que quelques semaines.

Les sourcils de l'étranger esquissèrent une question, si bien que le patron précisa :

— Don Martí a dit que c'était une fille un peu bizarre. Il lui manquait peut-être une case, dit-il en se touchant la tempe d'un doigt. Qui sait ? Aussi bien, elle ne s'est pas habituée à cet endroit isolé ; vous savez, les jeunes, il leur faut du bruit et, là-bas, elle était seule, bon, je veux dire sans gens de son âge ; elle a peut-être fait une dépression ; mais, vous, vous êtes deux et vous me dites que vous aimez la campagne. Tout en regardant l'autre, il conclut : Souvenez-vous de ce que je vous dis : vous allez très bien vous entendre avec les Martí, ce sont des gens sympathiques, la crème, c'est un luxe d'être avec eux.

Aller jusque là-bas n'était pas très compliqué. Un seul chemin quittait la route principale vers l'ouest. Ils tomberaient sur la maison après une demi-heure de voiture et ils ne pouvaient pas se tromper : il n'y en avait pas d'autre après les collines.

Sans que Ramírez le lui ait demandé, le patron dessina un plan sommaire sur lequel il indiqua les rares croisements où l'on risquait de faire fausse route.

— Ainsi vous ne pourrez pas vous tromper, même en le faisant exprès ! Puis il ajouta : Dommage que les Martí n'aient pas le téléphone, sinon je leur aurais annoncé votre arrivée.

L'étranger, qui n'était pas encore tout à fait rassuré, dit :

— Je ne sais pas s'ils voudront de nous. Mais j'espère que oui, après un si long voyage.

Mais l'autre fut clair et net :

— Bien sûr qu'ils voudront de vous ! Ce ne sont pas des gens à revenir sur leurs décisions. Soyez-en sûr : tout va bien se passer, souvenez-vous de ce que je vous ai dit.

Le patron profita du voyage de Ramírez pour envoyer aux Martí les lettres reçues durant les dernières semaines et la marchandise qu'ils devaient, comme tous les mois, venir chercher à l'entrepôt ; et quand Ramírez, hésitant, commençait à dire qu'il n'aurait peut-être pas assez d'argent pour régler les caisses que les employés avaient déjà mises dans sa voiture, une phrase aimable l'interrompit :

— Ne vous en faites pas, mon ami, je me fais rembourser par la coopérative, où don Martí a un compte. C'est un arrangement entre nous.

Au moment où la voiture démarrait, la femme de l'étranger, assise à côté de lui, dit qu'avant de quitter le village ils devraient parler avec quelqu'un d'autre, entrer dans un autre magasin, pourquoi pas la pharmacie dont on voyait l'enseigne au pâté de maisons suivant, pour montrer la petite annonce parue dans le journal et demander d'autres renseignements.

— C'est, souviens-toi, ce que nous a recommandé ta sœur.

Mais l'homme répondit qu'elle exagérait toujours et que la conversation qu'il avait eue avec le patron de l'entrepôt suffisait largement. Il se dirigea aussitôt vers le chemin qui partait du village, dont les derniers tournants se perdaient dans une chaîne de collines.

Isolée, située en hauteur, la maison dominait le mont sur lequel elle se trouvait.

En une demi-heure de route, ils avaient traversé des sommets assez hauts et de douces cuvettes jusqu'à ce que se dessinent, entre des lignes de petites collines, comme une eau-forte, un massif de buissons et, d'une couleur moins vive que le vert joyeux de la région, la butte sur laquelle était la maison. Sur ses tuiles brillaient les derniers éclats du crépuscule.

Sur la barrière, une latte de bois annonçait en lettres rouges le nom de la propriété : *La Captive*.

Une femme âgée, fluette, mais au teint hâlé et dont les cheveux gris ornaient le profil aux pommettes hautes et au front dégagé, se tenait debout, à deux pas de la maison, devant un rosier qu'elle débarrassait de ses boutons fanés afin que les nouvelles fleurs puissent se développer ; elle se penchait sur le pied d'un air si tendre qu'on aurait dit qu'elle lui parlait.

Un homme de son âge, qui revenait du potager avec une houe et un panier dans lequel on apercevait des laitues et la savoureuse tête d'un chou pommé, regarda le ciel et dit à sa femme qu'il allait peut-être pleuvoir. Il ajouta en se touchant la taille :

— C'est mon rhumatisme qui me le dit.

L'homme s'arrêta quand il vit la voiture apparaître sur le chemin et franchir la barrière ouverte à l'entrée du parc.

Quand les étrangers, maintenant devant la maison, descendirent de voiture et s'avancèrent vers lui, le regard résolu du vieillard était interrogatif.

— On vient de la capitale, un assez long voyage, expliqua l'étranger en s'approchant et en tendant la main. Javier Ramírez, dit-il ensuite quand leurs mains se serrèrent.

— Pablo Martí, murmura l'autre sans se départir de son air interrogateur.

L'étranger reprit la parole :

— Le patron de l'entrepôt nous a fait un plan et il nous a expliqué comment arriver jusqu'ici. Aussitôt, montrant l'intérieur de sa voiture, il ajouta : Il vous envoie la marchandise pour vous éviter d'aller la chercher ; du moins pas avant le mois prochain.

L'expression de Martí changea du tout au tout. Il s'écria en souriant :

— Comme vous êtes gentils ! Vous n'auriez pas dû ! Vous travaillez pour Bermúdez ?

— Non, monsieur.

Martí voulut alors en savoir plus.

— Vous avez fait ce détour uniquement pour nous rendre ce service ?

— Non, monsieur.

Comme Martí n'avait pas l'air de comprendre le sens de ces réponses, Ramírez expliqua :

— On veut parler avec vous.

Assis dans le hall, face aux têtes intéressées et désemparées des Martí, Javier Ramírez parla des angoisses dues à la vie en ville et des dangers de plus en plus grands qu'on y courait dans les rues, à mille lieues, dit-il, de la sécurité et du calme de la campagne ; il précisa que ses parents parlaient avec nostalgie des étendues nettes et vastes où ils avaient passé les moments les plus heureux de leur vie et qu'ils regrettaient encore de s'être installés en ville ; il affirma que sa femme et lui mouraient d'envie de recouvrer ce bonheur perdu de leurs aînés.

Puis, sans que ses mots deviennent plus compréhensibles pour autant, il fit l'éloge de la situation de la maison, de l'ampleur et des couleurs du parc qui l'entourait et qu'ils avaient, dit-il, traversé béats d'admiration, de la solitude et du silence dont ils avaient joui au cours de leur long trajet, et des surprises que, après chaque tournant, les collines réservaient à l'horizon. Pour finir, il affirma qu'ils étaient ravis d'être avec eux.

Tandis qu'elle acquiesçait à ces phrases agréables et cordiales, le visage d'Isabel Martí exprimait une curiosité paisible. Son mari, en revanche, posait un regard plus dur sur l'étranger.

Puis un rictus sur ses lèvres et un geste de ses mains, jusque-là nonchalamment croisées sur ses cuisses, montrèrent qu'il était impatient de connaître la raison d'un tel discours.

Ramírez, prenant le ton de qui finit par donner l'explication attendue, dit :

— On est venus à cause de la petite annonce.

— Quelle petite annonce ?

Ramírez tendit la feuille de journal qu'il sortit d'une poche et la montra. Quand les Martí eurent fini de lire, l'étranger, non sans solennité, déclara :

— On veut que vous sachiez qu'on aime l'ordre, la propreté et la bonne cuisine.

— Ce n'est pas nous qui avons fait passer cette petite annonce ! Telle fut la réponse étonnée, mais ferme, de Martí.

La femme, assise en face de lui, jeune, au visage sympathique, qui, jusqu'alors, s'était contentée de confirmer par un sourire les affirmations de son mari ou d'acquiescer en hochant la tête, demanda d'un air désolé :

— Ce n'est pas vous qui l'avez fait passer ?

Peut-être touché par l'affliction que suggérait cette question, mais aussi préoccupé du sort de ce couple qui avait fait un aussi long voyage pour une petite annonce erronée, Martí, tout en regardant sa femme, dit sans conviction :

— Il y a peut-être d'autres Martí dans la région. Puis il se crut obligé d'expliquer : Cette maison est la seule qui se trouve sur ce chemin, mais il y en a d'autres qui partent du village, dans d'autres directions, et peut-être…

Sans élever la voix, Sofía Ramírez demanda :

— Vous ne croyez pas que le patron de l'entrepôt nous l'aurait dit ?

— Probablement… répondit Martí. Il ajouta doucement, pour ne pas donner l'impression de les éconduire sèchement : Vous devriez retourner au village et redemander.

— C'est vrai, il faudrait qu'on retourne au village et qu'on redemande, répéta la femme, désolée.

Mme Martí prit alors une décision, sans attendre le consentement de son mari. Se levant, anticipant les hésitations et les éventuelles objections de ces gens, elle annonça :

— Ils le feront demain. Il est tard maintenant pour retourner au village. Ici, il y a de la place pour que vous puissiez passer la nuit.

Les étrangers l'observèrent et, un instant après, sourirent. Ils n'essayèrent pas de résister, ne formulèrent ni objections ni remerciements parce que Isabel se dirigeait déjà vers la chambre qu'ils allaient occuper.

Elle avait deux lits ; leur neveu et sa famille s'y installaient les rares fois où ils venaient de la ville leur rendre visite, expliqua Isabel tout en prenant dans une armoire une paire de draps et des couvertures ; elle ajouta qu'un lit avait été occupé l'année précédente par une jeune fille qui avait travaillé dans la maison, mais seulement deux semaines, précisa-t-elle, car elle n'avait pas pu s'habituer à la solitude de la campagne.

— Imaginez, dit-elle, comme la pauvre fille s'ennuyait, seule avec un couple de vieux.

De façon inattendue, la femme qui s'appelait Sofía s'écria :

— Une écervelée, sans doute, une de ces filles qui passent leur temps à tortiller du cul et qui n'a pas dû supporter d'être obligée de rester tranquille.

La phrase créa la surprise ; l'homme jeta un regard, peut-être de malaise ou de réprobation ; mais Isabel trouva la franchise de la jeune femme amusante.

Plus tard, assise dans la salle de séjour à côté de son mari qui, à cet instant précis, allumait sa dernière pipe de la soirée, après qu'elle lui eut rappelé rituellement et inutilement le mal que lui ferait le tabac pour obtenir les mêmes sempiternelles réponses ("je ne fume pas plus de trois pipes par jour, c'est moins nocif que les gaz d'échappement des autobus que les gens respirent en ville"), Isabel, sans prêter attention aux images qui se succédaient sur l'écran du poste de télévision et aux ronronnements de plaisir du chat qui se frottait contre sa jupe pour l'inviter à lui caresser de nouveau le dos, commenta, étonnée, mais sans en prendre ombrage, la saillie intempestive de Sofía et, comme s'il s'agissait de mettre au clair un souvenir, dit d'un air songeur :

— Cet homme ressemble à quelqu'un qu'on connaît, il y a quelque chose dans ses gestes, son regard... Mais je ne sais pas à qui il me fait penser.

Pour ne pas troubler son sommeil, Isabel attendit tranquillement dans le lit que Pablo se réveille. Ils vivaient sans se presser, ne se levaient pas avant que le soleil ait grimpé dans le ciel et ne prenaient jamais leur petit déjeuner avant dix heures.

L'absence d'obligations et une rente, petite mais suffisante, les libéraient des contraintes ; ils avaient choisi, pour finir leur vie, la tranquillité de la campagne et le silence cosmique, juste troublé par des bruits doux et agréables, les gloussements charmants qui venaient du poulailler, de vagues gémissements, le chant régulier et familier des oiseaux.

Le nom de la maison, *La Captive*, n'avait pas été choisi au hasard : ils avaient cherché à exprimer le sentiment qui les unissait à l'endroit, il leur fallait reconnaître qu'ils étaient prisonniers de sa sérénité et qu'ils s'étaient définitivement abandonnés à cette vie sans convulsions.

Ils jouissaient paisiblement de chaque instant. En outre, il y avait là l'air nécessaire à la santé fragile d'Isabel.

Tous les matins, ils bavardaient longuement, assis sur leur séant, tandis que le ronronnement du chat, couché sur son tapis près de la porte de leur chambre, leur faisait savoir qu'il attendait le moment d'aller avec eux à la cuisine pour avoir sa ration de pain trempé dans du lait.

Ce matin-là, ils parlèrent des Ramírez.

Isabel dit qu'ils avaient l'air d'être de braves gens. Ils avaient fait un voyage long et inutile, ce qui lui faisait de la peine. Elle pensait que la petite annonce du journal, apparemment inexplicable, était une erreur ou une plaisanterie de mauvais goût, de très mauvais goût, mais elle ne voyait pas qui pouvait en être l'auteur. Puis elle se demanda à voix haute s'ils n'auraient pas intérêt à avoir à la maison un couple qui se charge des travaux les plus pénibles et, au passage, leur tienne compagnie.

— Ils ne prétendront sûrement pas à un salaire trop élevé. Elle ajouta : Nous sommes vieux, il ne serait pas mauvais d'avoir de l'aide en cas d'urgence.

Mais, lui, il lui demanda de se rappeler combien Dorotea, la jeune fille qui, l'année précédente, était à leurs côtés et qui, au bout de quelques semaines, s'était montrée bizarre et leur avait fait part de revendications absurdes, les avait fait souffrir.

Comme chaque fois qu'ils parlaient de Dorotea, Isabel dit que c'était peut-être l'isolement dans lequel ils vivaient – isolement auquel ne s'habituent pas facilement les gens de la ville – qui avait fait changer la jeune femme. Mais

Martí évoqua une fois de plus – “pour que nous ne répétions pas l’erreur”, affirma-t-il – la violence de la dernière scène précédant son départ et le soulagement qu’ils avaient éprouvé quand ils s’étaient retrouvés seuls.

— Nous ne pouvons pas prendre le risque de revivre des moments pareils, ajouta-t-il pour clore la discussion.

Lui aussi regrettait que les Ramírez aient fait ce voyage inutile, puisqu’il n’avait jamais entendu dire qu’il y ait d’autres Martí dans la région ; mais ils n’y étaient pour rien et ils n’allaient pas se gâcher la vie à cause d’une erreur dans un journal ou d’une plaisanterie d’une personne sans scrupules.

Quoi qu’il en soit, même s’ils n’avaient pas entendu le moteur de leur voiture, les Ramírez avaient sûrement quitté la maison pendant qu’ils dormaient, désireux d’avoir une journée devant eux pour trouver ceux qui avaient sans doute fait passer la petite annonce dans le journal.

Ils parlèrent aussi de Rafael, leur neveu, qui avait vécu avec eux après la mort prématurée de ses parents et qu’ils aimaient comme un fils. C’est pour lui qu’ils avaient repoussé de quelques années leur décision de quitter la ville et ce n’est qu’à cause de lui qu’ils déploraient la distance qui rendait ses visites si rares et si espacées. Ce ne sont pas les lieux que l’on quitte qui donnent à l’exil sa gravité, même si les regrets les évoquent, ce sont les gens qu’on a laissés au loin qui nous font éprouver un sentiment d’absence et de vide ; on regrette l’amitié et la famille ; si on évoque une rue, même si on l’imagine déserte, ce sont les affections que l’on y a connues qui rendent nostalgique. Ils ne regrettaient pas la ville, mais leur neveu.

Rafael, qui donnait toujours des preuves de son amour pour eux, les réconfortait avec ses lettres qui arrivaient régulièrement les mois pairs, des lettres pleines d'esprit, de récits minutieux exposant toujours des projets enthousiastes remplacés par d'autres tout aussi enthousiastes dans les suivantes.

La lettre, que le patron de l'entrepôt venait de leur faire parvenir par les Ramírez, n'était pas différente des précédentes : Rafael y évoquait les derniers travaux dans lesquels il s'était, comme à l'accoutumée, lancé pour améliorer son salaire à la banque, ses échecs prévisibles et immédiats, racontés sans tristesse, en plaisantant uniquement sur son inaptitude, les dernières nouvelles au sujet des enfants et des divorces de certains de ses amis que Pablo et Isabel connaissaient et, point important, son intention de réparer la vieille voiture qu'il venait d'acheter "au prix d'une bicyclette avec phare" pour venir, avec toute sa famille, leur rendre visite pour les fêtes de fin d'année ; il demandait, comme d'habitude, à son oncle et à sa tante ce qu'ils en pensaient, Pablo devait le lui dire dans sa lettre du mois suivant.

Dans les questions qu'il leur posait, dans ses descriptions des longues marches que son oncle Pablo et lui feraient dans les collines juste quelques mois plus tard, tirant avec leurs fusils de chasse sur tout ce qu'ils verraient bouger sans jamais attraper un lièvre ou une perdrix, dans les phrases qui préfiguraient de longues conversations autour du feu après le dîner quand les nuits seraient plus fraîches et dans le jardin quand soufflerait le vent du nord, Rafael exprimait, sans solennité et à son insu, la tendresse filiale qu'il éprouvait pour eux.

Les Martí parlèrent avec enthousiasme de la visite que Rafael leur annonçait, de leur joie d'être de nouveau avec lui et avec Martha et de revoir les enfants courir dans la maison, si bien qu'ils en oublièrent que peut-être, comme cela était déjà arrivé, une nouvelle lettre ajournerait le voyage et que de toute façon, à supposer qu'ils viennent, ce ne serait que pour deux semaines. Ils évitaient ainsi d'avouer leur nostalgie et que, même s'ils avaient beau profiter de cette vie paisible dans les collines, ils auraient tout abandonné sur place pour être avec Rafael.

— Il est si affectueux, dit Isabel d'une voix tremblotante en se redressant pour que son mari ne voie pas les larmes qui perlaient à ses yeux, tandis qu'il terminait de relire la lettre.

Quand ils sortirent de leur chambre, une odeur fraîche et parfumée, peut-être un peu trop forte, les enveloppa ; l'air embaumait le savon.

Les carreaux du corridor qui, depuis très longtemps, n'avaient droit qu'aux caresses légères et espacées du balai, brillaient d'un éclat inconnu. Ils n'étaient plus ternes, ils juraient maintenant avec les meubles de bois foncé, vétustes, de la maison.

Martí se dirigea vers le coin de la maison où était la clé avec laquelle il éteignait tous les soirs le groupe électrogène pour économiser le gas-oil en le remplaçant par une petite batterie qui permettait de n'allumer que deux lampes et le poste de télévision. Mais la clé avait déjà été relevée, le groupe marchait et il y avait de la lumière dans la maison.

Ils découvrirent sur la table de la salle à manger deux tasses posées sur des sets brodés et des serviettes assorties dont ils ne se servaient jamais ;

à côté des tasses, il y avait aussi le beurrier, un pot de confiture et des soucoupes avec des petits couteaux à tartiner. De la cuisine, arrivait par la porte entrouverte, une attirante odeur de café et de toasts.

La voix posée de Javier Ramírez demanda, quand ils entrèrent dans la salle à manger :

— Monsieur et madame prennent-ils du jus d'orange au petit déjeuner ?

Il portait une veste blanche, un pantalon foncé et il avait un petit nœud papillon au cou.

— Vous êtes très aimable, dit Martí en balbutiant tandis que sa femme, aussi désemparée que lui, s'asseyait.

L'homme en habit de majordome semblait attendre une réponse à sa question ; comme elle ne venait pas, il retourna à la cuisine.

Un moment après, il revint avec un plateau sur lequel fumait la petite cafetière et un pot à lait ventru que les Martí n'avaient encore jamais utilisé ; dans une corbeille d'osier, les toasts grillés sentaient bon et exhibaient leur texture dorée et croustillante. Un jus jaune orangé, qui produisait une sensation fraîche de fruits qu'on venait de presser, débordait de deux grands verres.

— Vous êtes très aimable, répéta Martí en s'asseyant en face de sa femme. Mais vous n'auriez pas dû vous donner tant de peine.

L'homme n'avait pas l'air de l'écouter. Penché sur le plateau, il posa devant eux la corbeille de toasts et les verres de jus d'orange, souleva le couvercle du beurrier et ouvrit le pot de confiture, servit méticuleusement le café et mit un doigt de lait dans chaque tasse.

Martí prit alors la parole :

— Il est déjà presque midi et vous devez retourner au village pour trouver ceux qui ont fait passer la petite annonce, afin monsieur Ramírez que…

Il fut interrompu.

— S'il vous plaît, monsieur, je m'appelle Javier. Appelez-moi, du moins pour le moment, Javier.

Alors qu'ils terminaient leur petit déjeuner, Isabel suggéra à voix basse :

— Ils veulent sûrement nous remercier de les avoir laissés dormir ici cette nuit.

Mais son mari affirma qu'il ne s'agissait que d'un stratagème pour qu'ils les embauchent.

— Hier soir, il a été clairement dit que nous ne voulons pas prendre de personnel et, malgré tout, ils insistent, s'écria-t-il, contrarié. Puis, tout en se levant, prêt à s'atteler à ses tâches matinales dans la basse-cour et au potager, il annonça, plein de confiance : Tu vas voir, ils vont s'éclipser sans tarder.

Dans la salle de séjour, Sofía Ramírez remettait les fauteuils en ordre et secouait les coussins du canapé.

— Madame, dit Martí en s'arrêtant devant elle.

— Sofía, répondit la femme en levant la tête sans cesser de s'affairer.

— D'accord, Sofía, répéta Martí. Il se voulut persuasif : Nous apprécions ce que vous faites, mais je vous ai déjà dit hier soir que nous n'avions pas besoin de personnel, nous n'avons pas les moyens de le payer et, en plus…

La voix du majordome qui s'approchait l'interrompit :

— Pas de problème pour le salaire, monsieur. Vous vous en rendrez vite compte.

Martí hésita. Il devait trouver un autre argument, des mots capables d'en finir tout de suite avec cette situation équivoque.

— Même si le salaire ne fait pas problème, nous, ce que nous voulons, c'est être seuls ; essayez de comprendre, nous sommes vieux et nous avons nos marottes. Il n'y avait aucune raison de ne pas faire de confidences à ces inconnus, si bicn qu'il ajouta : Ça s'est mal passé avec la jeune fille qui est venue l'an dernier. Et nous avons passé l'âge des contrariétés.

— Quelque chose dans ce que nous avons fait a déplu à monsieur ou à madame ? demanda le majordome.

— Bien sûr que non, mais…

— Merci, monsieur, conclut l'autre tout en revenant vers la salle à manger où il débarrassa soigneusement la table.

Dans les heures qui suivirent, le majordome et sa femme exécutèrent en silence les diverses tâches ménagères.

Isabel posa les aiguilles et la pelote de laine avec lesquelles elle avait commencé à tricoter un pull pour Rafael et, pendant un bon moment, les observa sans leur parler, ne sachant quelle attitude adopter.

Martí, en revanche, s'enferma dans sa chambre pour leur laisser le temps de mettre un terme à un comportement aussi impertinent. Son absence traduirait sa contrariété. Il ne leur donnerait pas la possibilité de se montrer en train de travailler. Ils finiraient par comprendre et, sans entrer dans des polémiques qui pouvaient être dangereuses pour lui, étant donné son âge, ils retourneraient au village.

Mais dans la soirée, en sortant de sa chambre, il remarqua que tout continuait comme avant. On avait mis sur la table de la salle à manger les assiettes et les couverts pour le dîner et posé au centre un petit vase de fleurs jaunes.

Il entra dans la cuisine et, sans regarder la femme qui, à cet instant précis, préparait une salade avec des légumes verts ramassés au potager, mit sur un plateau pour l'emmener dans leur chambre deux verres de vin et les restes de poulet qui étaient dans le réfrigérateur.

Sofía, sans s'arrêter de travailler, dit à cet instant, comme si elle devait expliquer quelque chose ou éclairer un point obscur :

— C'est comme ça qu'il faut préparer la salade, de l'huile, du citron et un peu de vinaigre, sinon elle est à jeter par la fenêtre. Le sel, chacun en met à sa convenance.

Le lendemain matin, décidé à en finir une bonne fois pour toutes avec cette comédie qui, outre son absurdité, commençait à devenir pénible, Martí posa une main sur le bras du majordome et dit :

— Nous allons discuter raisonnablement, comme deux adultes.

— Comme vous voulez, monsieur.

— Ce que je veux, c'est ce que j'ai dit et répété depuis que vous êtes arrivés, commença par dire Martí d'un ton sec. Je ne doute pas que vous soyez des gens honnêtes et travailleurs qui aiment la vie paisible de la campagne, ce qui me semble parfait, mais vous ne pouvez pas rester ici. C'est notre maison, c'est nous qui décidons et nous ne voulons pas de personnel ; s'il vous plaît, essayez de comprendre.

— Toute maison a besoin de personnel, monsieur.

— Pas celle-ci, rétorqua sévèrement Martí.

— Pardonnez ma franchise, monsieur, mais à en juger par ce que Sofía et moi voyons et par ce que nous avons dû faire depuis notre arrivée, cette maison aussi en a besoin.

— Ce dont cette maison a besoin nous regarde et, vous, vous n'avez pas à donner votre avis ni rien à faire ici, aussi partez immédiatement !

L'irritation que traduisaient ces mots ne servit à rien, car le majordome ne broncha pas ni ne manifesta le moindre trouble.

Martí se demanda s'il avait affaire à une habile plaisanterie qui n'allait pas tarder à se conclure par un éclat de rire, une explication, le nom du parent ou de l'ami qui en était l'auteur et qui ferait irruption en riant et en s'excusant, ou si, au contraire, il fallait y voir une sorte de folie.

Le sérieux, le respect impassible de cet homme quand il formulait ses invraisemblables réponses donnaient à Martí l'impression de se confronter à quelque chose d'inaccessible et d'inquiétant à la fois, tel l'entêtement des fous.

Du temps où il était commerçant, Martí avait dû affronter des mensonges, des arguties et d'interminables discussions ; mais, à présent, pour la première fois, il devait discuter à partir de données absurdes, à partir du cœur d'une absurdité qui cherchait à leur imposer, à Isabel et à lui, une situation inacceptable.

Il dit, presque en criant :

— Sachez d'ores et déjà que je ne vais pas vous payer un sou, même si vous travaillez tout le mois !

— Il se peut qu'à la fin du mois vous vous aperceviez qu'il n'y a aucune raison de nous payer.

— Vous travailleriez pour rien ?

— Ce n'est pas ce que j'ai dit, monsieur.

— Donc vous n'allez pas travailler et vous allez partir tout de suite ?

— Ce n'est pas non plus ce que j'ai dit, monsieur.

— Et merde, qu'est-ce que vous dites alors ?

Le majordome ne prêta aucune attention à son exaltation. Il affirma calmement :

— Ce que nous souhaitons, c'est que la maison soit propre et le service efficace. Et je crois que nous faisons, monsieur, une claire démonstration de ce que nous entendons par propreté et efficacité.

La persuasion comme d'ailleurs la colère s'avéraient sans effet. L'impression d'évoluer en pleine folie se confirmait. Si bien que Martí se plierait aux règles de ces gens : il ne s'adresserait à lui que comme on le fait avec un domestique. Sur un ton plutôt solennel, il annonça :

— Très bien, Javier, madame et moi avons pris une décision dont vous ferez part à Sofía : nous allons nous passer de vos services.

— Vous nous renvoyez ?

— Exact.

— Un renvoi doit être justifié, monsieur.

Martí réfléchit à sa réponse :

— Nous ne sommes satisfaits ni du ménage ni de la cuisine.

— Pourtant c'est ainsi qu'une maison doit être tenue. Et il nous importe que cela soit compris.

Phrases elles aussi inexplicables ; si bien que Martí eut recours à la fermeté de qui peut donner des ordres sans se soucier de l'avis ni des répliques de qui doit se contenter d'obéir :

— J'ignore ce qui vous importe et pourquoi vous travaillez, toujours est-il que vous êtes renvoyés.

La voix impassible prit exactement le parti inverse :

— Vous ne pouvez pas nous renvoyer, monsieur. Je répète : C'est ainsi qu'une maison doit être tenue.

Martí songea à une riposte violente, mais la carrure et la taille du majordome l'en dissuadèrent, il était beaucoup plus jeune que lui. Il décida de mettre un terme à cette conversation par ce qui se voulait une menace :

— Vous verrez bien ce que je ferai demain quand je me lèverai si vous êtes encore chez moi. Je vous promets que vous allez le regretter.

Afin de les oublier, il retourna à ses activités habituelles et passa l'après-midi à bêcher, alignant les plants de tomates, essayant de penser aux tuteurs qu'il mettrait pour soutenir les plantes fragiles et aux gros et savoureux choux pommés qu'il n'apporterait à la cuisine que lorsque ces intrus seraient partis. Puis il alla au poulailler, provoquant comme toujours la panique chez ces idiotes de poules qui n'arrivaient pas à s'habituer à sa présence, il ramassa deux œufs tièdes et éparpilla les grains de maïs qui étaient dans un sac attaché à sa ceinture et qui disparurent immédiatement dans les becs avides. Pour finir, il ouvrit la petite barrière de l'enclos et se glissa entre les animaux (une paire de vaches qui n'arrêtaient pas de ruminer, le museau enfoui dans l'herbe), sentant l'odeur de la bouse entre les chardons et la sueur de ces corps lourds et chauds ; de loin, immobile, le cheval zain de Rafael l'observait d'un air las, toujours aussi engourdi.

Cet après-midi-là, son rhumatisme aux jambes et au dos le fit souffrir plus que d'habitude, peut-être à cause du désagrément produit par ces présences absurdes dans la maison. Mais, désireux de protéger son esprit, il essaya d'utiliser ses souffrances pour comprendre, faire comprendre à son irritation que, même si elles étaient plus vives, c'étaient les souffrances habituelles, comme à son ordinaire, comme étaient habituels à cette heure-là la couleur des nuages, la présence et la tranquillité des animaux, cette douleur et les cachets qu'il prenait et qu'il continuerait de prendre pour les combattre. L'odeur fraîche et acide qu'à cet instant il percevait, la paisible et chère silhouette de la maison de l'autre côté de l'enclos et les derniers murmures des oiseaux au crépuscule, ainsi que toutes les choses et tous les actes dont sa vie était faite, appartenaient au quotidien qui s'était établi pour toujours entre Isabel et lui, bonheur intime qui n'était troublé, pour un moment, que par ce couple qui prétendait les servir et dont ils n'allaient pas tarder à se souvenir avec des sourires et une certaine curiosité. Il fit tout pour se convaincre : c'était un dérangement passager, rien ne changeait définitivement.

Et ce soir-là, assis devant le poste de télévision, il essaya de jouir de la saveur du tabac et de la chaleur de la pipe qu'il avait dans la main, comme il l'avait fait tous les soirs avant l'arrivée des Ramírez.

Mais il avait beau se rasséréner, tout, maintenant, semblait différent.

Le matin qui suivit fut comme les autres : de la salle de bains parvenait l'odeur fraîche et puissante du savon et le petit déjeuner les attendait dans la salle à manger, tandis que le majordome frottait avec un chiffon les vitres de la salle à manger qui, à chaque mouvement de son bras, avaient l'air de devenir de plus en plus transparentes.

Quand Martí passa à côté de lui, le majordome, sans s'arrêter de travailler, dit :

— Voilà comment les vitres doivent être, si propres qu'on ne les voit même plus.

Martí se dirigea vers le hangar qui servait de remise.

Il ouvrit d'un geste énergique le portail et monta, toujours aussi résolu, dans sa voiture ; mais son assurance disparut de ses traits quand la seule réponse qu'il obtint du moteur fut un ronronnement cédant la place à la consternation quand il ouvrit le capot : les câbles qui venaient des bougies pendaient des deux côtés de la place vide du distributeur.

Furieux, il se dirigea vers le majordome qui continuait à nettoyer la baie de la salle à manger :

— Rendez-moi le distributeur, exigea-t-il.

— Le distributeur ?

— Le distributeur de ma voiture, vous l'avez enlevé.

— C'est vrai, je suis en train de le réparer.

— Il n'y a rien à réparer, il marche parfaitement. Rendez-le-moi tout de suite.

Une voix froide répondit comme à l'accoutumée :

— Que les véhicules soient en bon état fait partie des tâches domestiques. Il ajouta : Le vôtre comme le mien.

Impuissant, Martí cria sous le nez de l'autre :

— Trêve de plaisanterie, et rendez-moi immédiatement le distributeur !

Mais le majordome, repliant soigneusement son chiffon, répondit sobrement, comme s'il récitait :

— Je suis désolé, monsieur, mais je n'ai pas l'intention de justifier un motif de renvoi pour tâches domestiques non exécutées.

Pour la première fois, l'habituelle promenade de l'après-midi n'eut rien de placide. Pablo et Isabel Martí n'allèrent pas jusqu'au flanc de la colline d'où ils contemplaient, au loin, le lac. Ils s'engagèrent sur le chemin et marchèrent en direction du village, même si les arbres et les épais buissons les empêchaient de voir l'horizon sinueux qui leur plaisait tant.

Au moindre bruit – un coup de tonnerre au loin, des sabots de chevaux qu'on entend mais qu'on ne voit pas –, Martí jetait un coup d'œil anxieux de chaque côté de la route, comme s'il s'attendait qu'une voiture apparaisse. Il confondait, par moments, le chant plus aigu et différent de certains oiseaux et le sifflement d'un promeneur, de l'un de ces mendiants qui passaient, de temps à autre, devant la maison, libres comme l'air, s'arrêtant à l'occasion pour demander un peu d'eau ou de la nourriture.

Pour ne pas inquiéter sa femme, il ne parla pas de l'incident survenu avec le majordome ni ne lui fit part de ses hypothèses sur les intentions des intrus. Mais ses joues tendues et ses réponses imprécises quand elle fit l'éloge, comme d'autres soirs, du rouge presque coléreux du soleil qui s'enfonçait derrière les collines les plus éloignées et du doux chant de la grive témoignaient de son affliction.

La marche les épuisa. Ils s'assirent sur de grosses pierres au bord du chemin. Les yeux de Martí ne regardaient rien, ils étaient fixés sur un lieu indigné de ses pensées. Soudain, comme s'il était seul, sans regarder Isabel ni quoi que ce soit, il s'écria "Merde alors !" puis il ne dit plus un mot.

Isabel aurait bien voulu dire qu'ils n'avaient aucune raison de s'inquiéter, que ces gens étaient simplement un désagrément passager qui prendrait vite fin, faire comprendre à son mari que le préjudice causé était éphémère et sans conséquences, juste une perturbation dans leurs conversations tranquilles faites de mots codés et de sous-entendus, à peine une ombre dans la joyeuse solitude de chaque jour ; ces étrangers, aurait-elle bien voulu dire, n'étaient rien d'autre qu'une contrariété. Cependant, elle avait appris à laisser Pablo dissiper seul ses inquiétudes, sans poser de questions ni rien dire. Elle se contentait de le soutenir par des gestes tendres.

Elle sécha donc avec un mouchoir la sueur qui perlait sur le visage de son mari, le prit par le bras et, au silence du chemin, n'ajouta que des commentaires légers et paisibles sur les images qui apparaissaient après les tournants.

Ils furent réveillés par un bond du chat qui, de son tapis, courut en miaulant se cacher dans un coin de leur chambre : le vacarme de l'aspirateur qui parcourait le couloir contigu et des coups énergiques de jointures de doigts frappés contre la porte ébranlaient la torpeur de la pièce.

— Qu'est-ce que c'est ? Qu'est-ce qui se passe ? s'écria Isabel en se dressant sur son séant.

La voix du majordome répondit du corridor :

— Il est huit heures, madame, il est temps de faire les chambres.

— Partez immédiatement, c'est vraiment le comble ! cria Martí.

Mais, derrière la porte, la voix répétait énergiquement :

— Le nettoyage des chambres commence à huit heures. Il y a beaucoup à faire dans cette maison. Levez-vous, s'il vous plaît.

Les Martí restèrent dans l'expectative tandis que la rumeur de l'aspirateur continuait à parcourir le couloir. Toutefois, l'exigence inouïe ne se répéta pas. Ils se rendormirent, confondant peut-être ces bruits et les funestes péripéties d'un cauchemar.

Tout à coup, le traversin s'agita sous leur tête.

— Il est huit heures et demie, disait tout près d'eux la voix sèche et sans timbre du majordome qui le secouait pour les aider à se réveiller.

Sur ces entrefaites, Sofía déplaça l'aspirateur d'un bout à l'autre de la pièce en ânonnant "Celui qui dort toute la journée a un crapaud qui grandit dans son bidon, celui qui se lève de bon matin, Dieu lui veut du bien, et celui qui pique un roupillon récolte des morpions". Quand elle passait près du lit, elle leur disait d'un ton amical :

— Levez-vous, bande de roupilleurs !

Le regard que posait le majordome sur les Martí n'était pas de défi, il n'était pas non plus arrogant. Il exprimait uniquement la détermination de qui sait ou s'imagine qu'il fait dûment son devoir. Il ne répondit pas à la voix qui criait : "Sortez, espèces d'insolents !" Il ne fut pas non plus troublé par l'air étonné ou peut-être horrifié de la vieille femme qui l'observait, médusée, tirant les couvertures jusqu'à ce qu'elles recouvrent son visage, comme si elle cherchait à se protéger. Debout près du lit, le majordome se contenta de dire :

— Levez-vous, s'il vous plaît. C'est l'heure de faire le ménage. Et n'oubliez pas que, désormais, le petit déjeuner est à neuf heures et le déjeuner à midi.

Quand Martí, recouvrant son sang-froid, réussit à crier :

— Vous allez le payer cher, vous allez le regretter, vous êtes en train de commettre un délit, le majordome, imperturbable, répondit :

— Exécuter les tâches domestiques n'est pas un délit, monsieur.

A midi passé, quand Isabel entra dans la cuisine et demanda à Sofía d'aller ailleurs parce qu'elle allait préparer le déjeuner pour elle et son mari, la femme, sans se retourner, sans cesser d'étendre avec une spatule de caoutchouc la pâte qu'elle s'apprêtait à mettre au four, répondit :

— Il est presque une heure. L'heure du déjeuner est passée. Donc plus de repas, madame !

Et elle se remit à fredonner les vers monocordes, répétitifs, de ce qu'Isabel prit pour une comptine : "Donne-moi ce petit truc, je veux qu'il soit bien dur, je te donne ma cruche, mets-en tant et plus, donne-moi ce petit truc..."

Cette femme était, cependant, différente de son mari ; plus jeune, d'apparence plus fraîche, elle ne regardait pas, comme lui, de derrière un rideau de givre, et même s'il y avait toujours de la gouaillerie, voire de la grossièreté dans ses phrases – plus les phrases d'une petite fille que celles d'une jeune femme –, elle avait, par moments, se dit Isabel, l'air inquiet. Malgré la frivolité ou la légèreté dont elle s'efforçait de faire preuve, elle était probablement, elle aussi, une victime de la folie de ce Javier Ramírez ; si bien qu'elles pourraient se comprendre. Elle la mettrait en confiance et en ferait son alliée.

— Nous devons parler, dit Isabel.

— Je vous écoute, madame, répondit la femme sans interrompre son travail et sans arrêter non plus de chanter.

— Venez, allons nous asseoir dans la salle de séjour, nous serons plus à l'aise, suggéra Isabel en faisant en sorte que son ton cordial n'ait pas l'air forcé et en posant une main sur son épaule.

— Je n'ai pas le temps, madame, il y a beaucoup à faire dans cette maison.

En souriant, sur un ton familier, Isabel dit alors :

— Arrêtez de vous casser la tête, Sofía, vous n'êtes pas notre bonne.

— En ce moment, si, madame. Se tournant vers Isabel, elle ajouta en éclatant tout à coup de rire : Vous devez penser qu'une bonne comme il faut ne traite pas son patron et sa patronne de roupilleurs et que je suis un peu trop familière, non ?

Ce "en ce moment" résonna comme un coup de clairon, une limite, la fin imminente du jeu. Mais Isabel se retint, elle ne demanda rien, ne chercha pas à savoir ce que ces mots signifiaient exactement, ne dit pas "jusqu'à quand ?" ni "qu'est-ce que ça veut dire en ce moment ?", elle se contenta de rétorquer :

— Ne dites pas des choses pareilles, Sofía, vous n'êtes pas familière, mais seulement une jeune femme de passage dans cette maison, car vous n'êtes pas notre bonne, pas plus que votre mari n'est notre domestique. Nous, nous n'avons pas besoin de gens à notre service, nous nous débrouillons tout seuls, mieux, nous voulons être seuls, nous vous l'avons déjà répété mille fois.

— Oui, madame, nous sommes au courant.

Elle le reconnaissait, ce qui signifiait que la conversation aurait une issue heureuse. Sans que l'amabilité disparaisse de sa voix, mais avec une certaine énergie, Isabel s'empressa alors de dire :

— Bien, si vous êtes au courant, alors partez, s'il vous plaît. Quant à nous, nous ne parlerons à personne des jours que vous avez passés ici. Au cas où la femme n'aurait pas compris ce que ces mots voulaient dire, elle ajouta : Nous ne porterons pas plainte, non plus. Elle dit aussi : Si vous avez besoin d'un peu d'argent, dites-le-moi, j'en parlerai à mon mari.

Mais Sofía, sans se retourner, d'une voix maintenant métallique et uniforme, dans laquelle il n'y avait plus rien de jovial, comme si elle n'avait pas entendu ce qu'Isabel venait de dire, assena :

— Il faut que des gens s'occupent de la maison.

La conversation redevenait délirante.

— Dites-vous que tout ceci ressemble fort à une séquestration, une séquestration dans notre propre maison. Votre mari a rendu notre voiture inutilisable pour que nous ne puissions pas aller au village. Vous êtes en train de vous chercher des noises.

— Javier essaie de réparer la voiture de monsieur qui, franchement, est à ramasser à la petite cuillère ; je ne parle pas de monsieur, mais de la voiture. Ça fait partie des tâches domestiques et, nous, nous tenons à nous occuper de tout.

— Vous savez très bien que notre voiture n'a nul besoin d'être réparée. De plus, dites-vous que, tôt ou tard, quelqu'un du village va venir demander ce qui se passe, ils vont s'étonner que nous n'allions pas faire nos courses comme tous les mois, et alors, vous, qu'est-ce que vous allez faire ? Elle finit par trouver l'argument qui lui manquait : Je ne sais pas si vous vous êtes rendu compte que nous avons un groupe électrogène qui fonctionne au gas-oil parce que l'électricité ne vient pas jusqu'ici, et il arrive qu'il s'épuise et qu'il faille en commander au village. Et dites-moi, qu'est-ce que vous allez faire quand le camion viendra livrer ? Vous n'allez pas nous cacher ! Le chauffeur nous connaît depuis des années et, chaque fois qu'il vient, il boit une bière avec mon mari.

L'argument n'impressionna pas la femme. Sans se troubler, elle répondit simplement :

— Nous n'aurons pas besoin de gas-oil.

Isabel s'écria en riant :

— Vous allez vivre dans le noir ?

— Les cuves sont pleines.

— Mais un beau jour ils vont s'épuiser.

— A partir de maintenant, ils dureront plus longtemps. Il est toujours possible de faire des économies dans une maison. Je ne voudrais pas vous vexer, madame, mais il me semble que vous êtes assez panier percé, du moins pour le gas-oil.

Isabel comprit qu'il était inutile de faire appel au bon sens de cette femme, si bien qu'à voix basse, gravement, elle annonça, légèrement irritée :

— Vous allez finir en prison, Sofía. Pensez-y.

— Certainement pas, madame. Sans se retourner, se penchant pour prendre un plat en inox, d'un ton presque indifférent, elle ajouta : L'important, c'est que le service soit efficace, autrement dit que les domestiques ne passent pas leur temps à ne rien foutre. Et elle se remit à chanter : "Donne-moi ce petit truc, je veux qu'il soit bien dur…"

Isabel entendit le bruit de plus en plus fort émis par le moteur d'une voiture qui démarre et accélère en s'éloignant ; c'était le même ronflement irrégulier, ne lésinant pas sur les quintes de toux et les ratés, qu'ils avaient entendu le premier soir, quand les Ramírez étaient arrivés à la maison.

— Ils s'en vont ! s'écria joyeusement Isabel en secouant son mari par l'épaule pour le réveiller. Puis elle se précipita vers la fenêtre.

La voiture des Ramírez venait de passer la grille et s'engageait sur le chemin des collines en direction du village.

— Ils sont partis, répéta allégrement Isabel tout en montrant un lointain point bleu.

— Merci mon Dieu ! murmura Martí en levant la tête pour essayer de voir le dernier reflet de métal sur le chemin ; puis il se frotta les yeux, comme s'il voulait effacer des images récentes et, se dressant sur son séant tout en jouissant du silence parfait de la maison, il dit, soulagé :

— Quel bonheur, recommencer à préparer le déjeuner...

La joie de retrouver ce qui a été perdu donne une nouvelle dimension à ce qui était ou semblait sans éclat ; les choses renaissent.

Ils tombèrent d'accord : la conversation de la veille avait impressionné les intrus. Ils fuyaient, effrayés par la perspective de la prison.

Plus tard, alors qu'ils ouvraient la porte du hangar qui servait de remise, Martí s'écria, enthousiasmé :

— Tu l'as convaincue, une vraie avocate !

— Très fofolle, très Mme Sans-Gêne, mais elle a compris que les choses risquaient de tourner mal, dit Isabel, satisfaite.

Les intrus n'avaient pas remis le distributeur ; les câbles des bougies pendaient toujours dans le vide. Ce qui retarderait leur voyage au village, qu'ils auraient voulu pourtant faire tout de suite. Mais ils ne se découragèrent pas.

— Je suis sûr qu'ils ne l'ont pas emporté avec eux. Dans la hâte, ils ont oublié de le remettre.

Tandis qu'Isabel préparait le déjeuner et que, dans la chanson qu'elle murmurait, réapparaissaient son bien-être, sa sérénité et sa joie d'avoir recouvré leur intimité, Martí chercha le distributeur dans les tiroirs de la commode, dans les armoires du couloir et dans la pièce qui servait de débarras.

Sans se presser, car il avait tout le temps pour lui – le jour entier leur appartenait et il serait, une fois de plus, intime et glorieux –, il se dirigea vers la chambre qu'avaient occupée les Ramírez en criant pour que sa femme l'entende de la cuisine :

— Il doit être dans la pièce du fond.

Quand, distraite, aveuglée par sa joie, comme si elle n'avait que faire des objets que son mari cherchait à ce moment-là, elle demanda également en criant :

— De quoi s'agit-il ?

Martí répondit en souriant :

— Le distributeur, quoi d'autre, sinon ? tout en ouvrant la porte de la chambre du fond.

— Monsieur, je n'ai pas encore fini de le réparer, annonça du lit la voix atone du majordome.

Outre Sofía, une autre femme descendit de la voiture. Elle se dirigea directement vers la maison ; sa démarche, la façon dont elle regardait la porte vers laquelle elle avançait et la main qu'elle posa aussitôt sur le heurtoir, sa manière de l'ouvrir n'avaient rien d'hésitant, c'étaient les gestes de quelqu'un qui connaît l'endroit où il se rend.

Elle s'arrêta un instant devant les Martí qui, debout dans le vestibule, l'observaient sans piper et tendit un bras vers une potiche à côté d'elle pour y laisser tomber la cendre de sa cigarette. Le chat la regardait, blotti contre les jambes d'Isabel.

— Vous connaissez ma sœur Dorotea, dit Javier.

Tout en s'approchant d'elle, Martí s'écria, plus indigné qu'étonné :

— Vous, vous n'avez rien à faire ici !

La femme répondit par un léger sourire, comme si ces mots étaient sans importance :

— Au contraire, vous allez vite vous en apercevoir. Elle dit d'un ton méprisant en regardant le chat : Tu es encore en vie, toi ? Puis elle demanda à son frère : Vous leur avez appris à respecter les horaires ?

Quand Javier lui répondit que, pour le moment, ils avaient préféré leur montrer comment la maison devait être tenue et expliqua qu'ils faisaient les choses petit à petit, qu'ils n'avaient pas été exigeants au sujet des horaires parce que, de toute façon, ils avaient du temps devant eux pour qu'ils s'habituent, le ton de Dorotea changea. Transformée en maîtresse sévère, secouée par une lourde toux due au tabac, elle annonça d'un ton sec :

— Il faut respecter scrupuleusement les horaires pour que l'ordre règne dans la maison.

Elle fut interrompue par des phrases furieuses de Martí :

— Vous n'allez pas travailler ici. Vous nous avez déjà donné assez de soucis quand vous le faisiez. Partez immédiatement !

La réponse fut de nouveau tranchante :

— Evidemment que je ne vais pas travailler ici. Je vous ai déjà dit que je n'avais aucune raison de vous servir. Qui êtes-vous pour que je m'occupe de vous ? Mais il faut que l'ordre et la propreté règnent dans cette maison.

Les bouteilles alignées sur les étagères derrière le comptoir, les photos fanées de Gardel, de Maradona et de "La Machine", l'inoubliable avant du River qui avait fait des merveilles un demi-siècle plus tôt et qui faisait encore l'objet de discussions comme s'il avait joué le dimanche précédent, les chaises vénitiennes autour des tables salies par les cosses de cacahuètes, les noyaux d'olives et les restes de salami, les phrases ironiques des paysans, cette ironie toujours spirituelle et jamais agressive du gaucho, le salut narquois de ceux qui entraient dans le bistrot et les exclamations de ceux qui jouaient aux dominos ou au *truco*, ou bien buvaient leur verre de genièvre, en s'appuyant sur le comptoir, l'odeur de bois et l'amitié du patron et des habitués avec lesquels il prenait son vermouth, tout cela donnait à Pablo Martí une raison de se réjouir chaque fois qu'il descendait au village.

Les mêmes figures étaient toujours là ; pas les mêmes personnes, les mêmes figures : paysans au pantalon bouffant gris perle ou noir, chapeau à grandes ailes, foulard autour du cou et, selon la saison, espadrilles ou bottes de cheval ; et, chez tous, le même air paisible et amical.

Mais, ce matin-là, il y avait une nouveauté : une jeune fille dont il était difficile de préciser l'âge, assise seule à une table près de la fenêtre, une valise en carton entre les jambes et l'air si malheureux qu'il était impossible de l'ignorer.

Elle avait quitté la ville pour trouver du travail ; elle avait dit à Bermúdez, à don Salustiano à la pharmacie et, un moment plus tard, au patron du bistrot qu'elle savait tout faire et qu'elle pouvait aussi bien passer la journée derrière un comptoir que faire le ménage dans une maison, cuisiner et s'occuper d'enfants.

Mais dans le village la vie était routinière, rien ne changeait, chaque jour qui passait ressemblait au précédent et à celui qui suivrait et celui qui avait un travail continuerait à faire le même toute sa vie, si bien qu'il n'y en avait pas pour cette jeune fille.

Elle attendrait donc quelques heures à une table près de la fenêtre, devant sa petite tasse de café, l'arrivée de l'autobus qui la rendrait à la ville, sans avoir le courage de lever les yeux vers ce local de mâles surpris par cette présence féminine.

Une femme qui fait tout à coup irruption dans un univers d'hommes inquiète. Bien que personne ne laisse les autres le remarquer, quelque chose change dans les tons et les comportements ; certains – mais ce n'était pas le cas de ces gens de la campagne – parlent fort et se lancent dans des phrases prétentieuses pour impressionner la femme ; d'autres – tous dans ce bistrot – se sentent mal à l'aise dans leurs vêtements sans élégance, même si personne n'ôtait son béret ni ne renouait son foulard, négligé, trop serré ou trop lâche, autour de son cou ni ne renonçait à son humour narquois et naïf et à sa voix trop haut perchée tout en regardant du coin de l'œil la femme qui, pour quelque temps du moins, brouillait les pensées habituelles.

En prenant sa décision, Martí s'était peut-être souvenu des inquiétudes de Rafael, de ses lettres dans lesquelles il ne cessait de répéter qu'ils ne pouvaient plus rester seuls, si loin du village, avec tout le travail qu'il y avait à faire au potager, à la basse-cour et à la maison.

La jeune fille avait l'air si modeste et si sereine que Martí pouvait l'imaginer parmi eux, leur tenant silencieusement compagnie et les remplaçant pour les travaux les plus lourds.

Il s'était approché, lui avait tendu la main en se présentant et s'était assis en face d'elle.

— Dorotea, avait répondu timidement la jeune fille.

Elle ne demandait pas grand-chose ; elle voulait simplement travailler et il lui était égal de vivre dans la solitude des collines, où les seuls divertissements étaient un vieux poste de télévision et les différentes nuances de la lumière dans les champs au fur et à mesure que les heures passent. Ils s'étaient mis d'accord.

Martí avait deviné qu'elle avait faim, si bien qu'il lui avait proposé de prendre deux sandwichs avant de partir.

Isabel avait été surprise quand elle l'avait vu descendre de voiture. Mais elle s'était adressée à elle avec douceur, son éternelle douceur, ses manières égales et affectueuses, quelle que soit la personne qu'elle avait en face d'elle. Ils avaient arrangé pour elle la chambre du fond.

Les premières semaines, elle avait travaillé avec enthousiasme, parfois trop, repassant le soir le plumeau et le chiffon là où elle l'avait déjà fait le matin. Quand les Martí se levaient, le petit déjeuner était prêt, les coussins de la salle de séjour avaient été secoués, les vitres brillaient même si, la veille, un vent de poussière avait soufflé dans les montagnes, l'aspirateur faisait le tour de la maison et le plancher brillait ; aux heures des repas, il y avait toujours, au centre de la table, un petit vase de fleurs jaunes.

Puis elle avait changé.

Un soir, ils l'avaient trouvée devant le poste de télévision, assise dans le fauteuil d'Isabel, en train de fumer comme elle ne l'avait jamais fait depuis son arrivée ; elle ne s'était pas levée ni ne s'était excusée de ne pas avoir servi le thé ; elle avait continué à regarder imperturbablement l'écran et avait fait un geste de la main, non pas las, mais impératif, pour faire taire les voix qui lui rappelaient aimablement qu'il était l'heure de servir le goûter.

Lorsqu'elle était arrivée dans la maison, elle leur avait demandé la permission de fumer une cigarette dans sa chambre après le dîner et quand, eux, en guise de conseil, lui avaient dit que le tabac était nocif pour ses poumons qui respiraient le bon air de la campagne, elle avait répété qu'elle ne fumerait qu'une cigarette avant de dormir et, les semaines suivantes, ils ne l'avaient pas vue fumer. Mais, à présent, elle le faisait avec délectation comme si elle voulait récupérer toute la fumée perdue, et les cendres et les mégots débordaient du cendrier posé devant elle.

Ils avaient décidé de ne pas insister. Mais ce soir-là, quand Dorotea était allée à la cuisine, elle s'était préparé en vitesse un plat, s'était rempli une assiette et, au lieu de les servir, elle avait mis la marmite à feu doux pour qu'ils fassent de même, puis s'était de nouveau installée devant le poste de télévision. Martí, sans se départir du ton presque paternel avec lequel il s'adressait toujours à cette jeune fille qui paraissait si seule et même perdue, avait dit :

— Dorotea, c'est bien que l'émission vous plaise, mais, nous, nous avons faim.

La jeune fille ne l'avait pas regardé. Alors il avait repris la parole :

— Il est plus de neuf heures, vous devriez servir le dîner.

Face à son silence, sa voix s'était affermie :

— Dorotea, il faut que vous mettiez la table, ma femme et moi nous voulons manger.

Elle s'était à peine retournée pour répondre :

— Il y a de quoi manger dans la marmite.

Martí avait eu tout à coup l'impression d'être devant une personne différente. Sans manifester d'irritation, mais fermement, il avait éteint le poste de télévision en lui disant :

— Chaque chose en son temps, Dorotea. Vous regarderez la télévision plus tard. Pour l'instant, vous servez le repas.

Dorotea s'était levée, avait rallumé le poste de télévision, s'était rassise dans son fauteuil et, sans regarder Martí, avait crié :

— Chaque chose en son temps. Moi, j'ai fait le repas ; vous, vous vous le servez.

Déconcerté, ne sachant comment réagir, Martí était retourné à la salle à manger où Isabel avait déjà dressé la table pour eux deux.

Le lendemain matin, en se levant, ils avaient remarqué que Dorotea n'avait pas fait le ménage. Ils l'avaient trouvée, assise dans le jardin, exposant nonchalamment au soleil ses bras et son visage, les yeux mi-clos, un transistor allumé à côté d'elle et son inévitable cigarette entre les doigts.

Isabel, arrêtant le geste impulsif de son mari, s'était approchée d'elle et lui avait dit :

— Qu'est-ce qui se passe, Dorotea ? Vous avez oublié de faire le ménage.

Sans se retourner, sans broncher, comme si jouir de la tiédeur du soleil était la seule chose qui comptait, mais secouée par la toux caverneuse due au tabac, Dorotea avait répondu :

— Je l'ai fait tous les jours depuis mon arrivée.

Cette phrase n'avait aucun sens. Isabel avait regardé son mari, mais lui aussi avait l'air étonné, si bien que, d'un ton toujours aussi doux, elle avait repris la parole :

— Aujourd'hui aussi, il faut le faire.

— Moi, ces dernières semaines, j'ai fait le ménage, avait répété la femme. Maintenant, c'est votre tour.

Pablo et Isabel Martí s'étaient dit que Dorotea traversait peut-être une mauvaise passe, quelque anniversaire ou un souvenir malheureux devait la rendre ombrageuse. Mais quand la scène s'était répétée devant l'écran de télévision, Martí avait eu une réaction claire et nette :

— Vous savez fort bien qu'on vous traite comme si vous faisiez partie de la famille, mais vous devez comprendre que cette maison est à nous et que, si vous êtes ici, c'est pour faire le ménage et la cuisine.

La réponse de la femme avait été sévère et ironique :

— On est tous dans la même maison et c'est à moi de faire tout le travail ! Jolie façon de me traiter comme quelqu'un de la famille !

Martí s'était senti à court d'arguments. Quand les discussions deviennent irrationnelles, toute explication sombre dans le ridicule. Il avait annoncé durement :

— Il vous reste deux solutions : soit vous comprenez, soit vous partez.

Dorotea l'avait vaguement regardé, avait tiré, sans se presser, deux bouffées de sa cigarette, pris sur la table qui était devant elle un verre de limonade et le sandwich qu'elle s'était préparé et avait continué à regarder la télévision, comme si ce vieillard indigné et péremptoire n'avait pas été là.

Martí n'avait pu s'empêcher de crier :

— Merde, vous avez compris, oui ou non ?

Dorotea avait aussitôt bondi et s'était postée devant lui en le regardant d'un air furieux.

Martí avait dissimulé la crainte que lui inspirait ce visage rouge de colère tout près du sien et soutenu le regard, maintenant haineux, de la femme.

Dorotea, explosant de colère, avait jeté son verre contre le mur, tout près de la baie.

Comme si ce geste impromptu, si différent des habitudes sereines de la maison, l'avait ébranlé, le chat – ce chat ronronnant, doux et presque impassible, qui ne connaissait que les routines et les caresses d'Isabel – avait bondi du dossier du fauteuil sur lequel il s'était arrêté pour contempler la scène et peut-être pour atteindre Dorotea de ses griffes ; mais le pied de la femme, d'un réflexe extrêmement rapide, avait frappé violemment en plein vol le corps tendu de l'animal et l'avait envoyé gémir loin d'elle.

Les Martí s'étaient enfermés dans leur chambre ; le lendemain matin, ils ramèneraient Dorotea au village.

La dernière nuit, ils l'avaient entendue arpenter la maison, claquer les portes, jeter couverts et bibelots, tousser et crier d'une voix sinistre et furieuse des mots qui, quoique incompréhensibles, tant ces cris étaient déchaînés, étaient à coup sûr des protestations et des menaces.

Le retour de Dorotea impliquait le retour du brouillard. Ils allaient devoir supporter le noir, l'air irrespirable, l'absence d'issues : autant d'invariables caractéristiques du brouillard.

Impossible de savoir quelle rancœur poussait cette fille à participer au jeu dément des autres.

Ils étaient prisonniers d'une gigantesque, et peut-être dangereuse, absurdité. Si bien que si, jusque-là, Martí ne s'était jamais cru capable d'un acte pareil, il lui semblait maintenant qu'il ne pouvait plus tergiverser. Il y avait sa femme et lui, le reste était sans importance.

Il ouvrit le placard de la chambre ; il chercha derrière les blousons le fusil avec lequel il accompagnait Rafael quand il leur rendait visite et qu'ils allaient chasser tous les deux dans les collines.

Il ne le trouva pas à l'endroit où il pensait qu'il était. Tandis qu'il tâtait entre les vêtements, il se représenta, un instant, le majordome en train de prendre l'arme dans le placard et de la transporter dans sa chambre. Dans l'urgence de la peur, il se dit que le temps, en raison de leur indécision ou de leurs scrupules, avait permis à cet homme de prendre l'avantage. Jusqu'à quand les soumettrait-il, Isabel et lui, à sa folie ?

Le froid du canon, qu'il frôla sous une pile de pulls, le rassura.

Il avait fermé la porte de la chambre ; cependant, il eut besoin de s'assurer que personne ne l'observait au moment où il allait sortir l'arme du placard.

Il la caressa, soulagé. Il essaya de faire fonctionner le percuteur et la détente : en bon état, ils répondaient facilement après être restés tant de mois enfermés, sans avoir été utilisés.

A petits pas prudents, comme si le bruit pouvait le trahir, il alla jusqu'à la commode et ouvrit le tiroir où il avait l'habitude de ranger sa boîte de cartouches.

Elle n'était pas, comme il le pensait, à côté des mouchoirs. Mais il la retrouva parmi les chemises qu'il ne mettait plus depuis l'été précédent.

Il pensa d'abord qu'il attendrait la nuit pour les surprendre dans leur lit. Puis il décida de passer immédiatement à l'action.

Il avancerait, l'arme chargée, et les viserait, sans se soucier des éventuelles blessures ; il y avait Isabel et lui, le reste était sans importance. Il obligerait l'un d'eux à les emmener au village ; Isabel et lui occuperaient la banquette arrière et le fusil à deux coups ne cesserait de viser le chauffeur. Les autres attendraient, enfermés dans la salle de bains, son retour avec le commissaire, un grand gaillard réputé pour sa sévérité avec lequel il jouait au *truco* et prenait un verre quand il descendait au village.

Il n'y aurait pas un instant de répit. Ses propres pensées lui faisaient courir un risque : il n'avait jamais visé personne avec une arme.

Un homme est ce que les circonstances dans lesquelles il se trouve en font ; il devient différent si elles changent ; l'impensable, l'idée atroce ou abjecte devient tout à coup naturelle. Les circonstances transformaient l'éventuel homicide, la violence mortifère en projet nécessaire.

Un bruit dans le couloir le fit sursauter. Debout, tournant le dos à la porte, il couvrit l'arme de son corps. Un mouvement, ou peut-être la tension produite par cet instant décisif, lui donnèrent des élancements dans le dos ; le gémissement qu'il ne réussit pas à réprimer risquait d'attirer les intrus. Cette pensée accéléra l'urgence.

Il sentit que ses mains manquaient d'assurance, elles étaient incapables de baisser la culasse pour charger le fusil et d'extraire les projectiles de leur boîte. Il pensa fugacement qu'il n'arriverait jamais à les introduire dans les orifices du canon, se dit qu'ils étaient inutilisables, plus larges que ces trous de métal qui attendaient. Mais il se dit aussi tout haut, pour entendre sa propre voix, que, dans un instant, personne ne pourrait l'arrêter.

Les cartouches étaient bizarres ; ce n'était plus une histoire de peur ou d'urgence, il n'y avait pas à en douter, elles n'étaient pas comme d'habitude.

Il les retourna sur la commode : étêtées, elles avaient été vidées de leurs plombs et de leur poudre.

Dans la boîte, un bout de papier disait : "C'est le diable qui charge les armes." Au-dessous, la même main avait écrit en gros caractères, en capitales : "La domesticité n'a pas besoin de projectiles."

Javier et Sofía apportèrent dans un coin du jardin, tout près de la maison, deux paquets qu'ils sortirent du coffre de leur voiture.

En ronchonnant, mais sans se fâcher, Javier fit, à l'aide d'une pelle, des petits trous dans la terre, tandis que Sofía, radieuse, parlait avec enthousiasme et donnait des directives tout en tournant autour de lui.

Puis ils mirent les paquets à côté de ces trous et déchirèrent le papier d'emballage. Nez et joues rouges, chapeaux à plumes, combinaisons de travail aux couleurs criardes, pompons et clochettes, deux nains se retrouvèrent debout entre les plantes, exhibant vers la maison leur sourire de plâtre.

Après les avoir contemplés en silence, Sofía s'écria joyeusement :

— Il est beau le jardin ! Même aux petits vieux, il va leur plaire !

Et elle passa tendrement ses mains sur la tête des nains comme s'ils pouvaient être des créatures sensibles aux caresses.

Elle s'éloigna pour les regarder et remarqua qu'un pied de jasmin cachait le profil des nains. D'abord avec les mains, puis à l'aide de la pelle, elle enleva la terre qui entourait la tige et cassa les racines ; elle arracha et jeta au loin la plante et, dès qu'elle eut repris son souffle car elle était hors d'haleine après tous ces efforts, et tout en murmurant "Ça fait chier toutes ces mauvaises herbes", elle contempla, ravie, les silhouettes des nains que plus rien ne cachait désormais.

Sans acrimonie, tout sourire, Javier prit sa femme par le bras et lui dit :

— Tu vois que tu sais t'y prendre !

Les hommes disposent sans se presser les liasses de billets et les listes qu'ils devront ensuite remplir ; ils ouvrent des étuis de papier d'où surgissent des pièces de monnaie qui tombent dans de petits récipients placés à cet effet. Deux d'entre eux sont jeunes et insouciants ; les queues qui se sont formées devant les guichets ne les perturbent guère.

Ils aimeraient bien pouvoir continuer à bavarder mais ils sont tenus par l'urgence, dans un moment glisseront de leurs mains des chèques, des bons et de l'argent sur les destinées desquels la banque veillera. Ils continueraient bien à bavarder. Mais les horaires sont stricts, comme si le succès de la banque en dépendait : quand la grande pendule du fond sonne dix heures, tous les guichets s'ouvrent en même temps et on entend un seul clic.

Rafael s'était déjà demandé ce qui se passerait si, un matin, il traînait quelques minutes avant d'ouvrir son guichet ; il y aurait sûrement des murmures de désarroi dans les queues et l'un des employés s'approcherait pour lui venir en aide, compte tenu de l'urgence ; personne ne penserait qu'une telle violation du règlement était délibérée ; mais, à coup sûr, il n'échapperait pas à un chef sans pitié.

Les matinées sont toutes pareilles, la monotonie des rites engendre la monotonie de la vie ; Rafael, comme les autres employés, la supporte, répète les mêmes gestes sans que son esprit y participe, seules ses mains font les gestes rituels et il ne dit que les quelques mots indispensables ; sa pensée est loin, triste parfois, ruminant des problèmes ou faisant, comme maintenant, des projets.

Durant ces derniers mois de l'année, la pensée préférée de Rafael, celle qui l'éloigne le plus joyeusement de ces visages successifs et identiques qui apparaissent derrière le cadre de verre en murmurant des mots inquiets ou pressés, l'idée qui lui permet de se rappeler que ces papiers étrangers qu'il reçoit et classe ne sont pas toute sa vie, ce sont les vacances heureuses, les semaines de liberté qu'il compte passer avec sa femme et ses enfants.

Lorsque les guichets ferment, également tous en même temps en faisant le même clic, mais définitif cette fois, les employés se détendent un instant sur les hauts tabourets et on entend des manifestations de soulagement et de fatigue.

Puis, quand ils commencent à faire le bilan de la journée, entrées de billets et de papiers, pièces de monnaie en surnombre, timbres utilisés ou à reclasser, multiples notes à inscrire sur de grandes listes sophistiquées, les hommes, qui ne subissent plus la pression des clients, se remettent tranquillement à bavarder. Rafael, durant ces journées de printemps, journées inaugurales, parle de ses vacances attendues.

— Cette année, tu vas à la mer ? lui demande sans lever les yeux des papiers qu'il classe l'homme qui occupe le tabouret à côté du sien.

— Martha en a envie, mais il y a très longtemps que je ne suis pas allé voir mon oncle et ma tante.

— Lesquels ? Ceux qui sont allés vivre au diable vauvert, seuls en pleine montagne ? lui demande l'autre avec un sourire sympathique.

En souriant lui aussi, Rafael répond :

— Oui, mon oncle Pablo et ma tante Isabel. Vieux comme ils sont, ils restent là-bas tout seuls et aucune force n'est capable de les faire revenir en ville.

— Des gens extraordinaires, parbleu ! s'écrie l'autre. Et il ajoute sentencieusement : Des gens d'autrefois !

— Oui, tout ça c'est très joli, mais ils sont à la merci d'une attaque ; à cet âge, personne ne peut acheter sa santé. Et de plus, parfois je me dis qu'un filou peut s'en prendre à eux. Ils sont loin, ils n'ont personne à qui demander de l'aide et même pas le téléphone.

— Mais ce doit être un coin très tranquille, il y a des années qu'ils y sont et il ne leur est jamais rien arrivé, n'est-ce pas ?

— Oui, très tranquille jusqu'au jour où il ne le sera plus… Je ne sais pas, c'est peut-être un truc qui me travaille à tort, mais parfois je pense que je devrais exiger qu'ils retournent en ville.

Comme si ces réflexions avaient fait dévier la conversation du joyeux propos initial, l'autre, pour renouer le fil, demande :

— Et alors qu'est-ce que tu as décidé pour les vacances ?

— Je te l'ai déjà dit, Martha voudrait aller à la mer, mais tu sais comment elle est, elle ira sans broncher à la campagne si c'est moi qui le lui demande. Je suis en train de réparer la petite voiture que j'ai achetée, on saura donc avant la fin de l'année si elle peut faire le voyage.

— C'est loin ?

— Il y a un bon bout de route. Mon oncle et ma tante sont à une demi-heure de San Francisco. Ce qui fait au moins un jour et demi de voyage dans cette tire.

Dans la soirée, peut-être parce que Rafael avait gardé en tête cette longue conversation, le thème des vacances et l'éventuel voyage chez son oncle et sa tante revinrent sur le tapis.

Martha, toujours solidaire de son mari, n'insista pas sur son désir d'aller au bord de la mer.

— Peut-être une autre année, dit-elle.

De toute façon, rien n'était définitif. Rafael attendrait la réponse de son oncle Pablo à sa lettre du mois précédent dans laquelle il lui faisait part de son projet de voyage ; il avait toujours bon espoir qu'il lui annoncerait leur visite ou même leur retour définitif en ville. La réponse n'allait pas tarder à arriver si leurs habitudes étaient respectées. De plus, il n'était pas sûr que la vieille voiture qu'il était en train de réparer soit capable de supporter un si long voyage, avec un dernier tronçon de chemin de terre entre les collines.

Les enfants proposèrent de voter et Martha et Rafael, amusés, y consentirent.

Mais le vote n'entraîna pas de décision définitive. Les enfants votaient à grands cris pour une visite chez leur grand-oncle et leur grand-tante et, aussitôt, après, avec des cris semblables, soutenaient qu'ils voulaient aller à la mer.

La décision fut donc remise à plus tard.

N'écoutant pas les mots de Pablo, rassurants et raisonnables, Isabel était morose quand elle se coucha, inquiète au sujet de ce que signifierait pour eux le retour de Dorotea, maintenant complice de son frère et de sa belle-sœur.

Elle eut un sommeil agité. Et, à un moment donné, elle se dit, dans le langage avec lequel on peut se parler quand on dort, que les bruits qui semblaient venir de tel ou tel endroit de la chambre faisaient partie de ses rêves ou, plutôt, d'un cauchemar confus et éprouvant.

Puis elle s'aperçut qu'elle observait avec appréhension les coins les plus sombres de la pièce, tenaillée par la crainte de ce qu'elle risquait d'y trouver.

Elle prit la résolution, pour ne pas réveiller son mari, de faire le moins de bruit possible en respirant ; elle veillerait sur son sommeil qui semblait paisible, différent de son comportement inquiet et tendu de ces derniers jours et attendrait en silence que cessent les bruits ou, plus précisément, l'inquiétante sensation qu'éveillait en elle ce qu'elle avait cru entendre dans son sommeil.

Elle ne put empêcher ses yeux de passer les ombres en revue ni ses oreilles d'entendre les bruits secs, provocateurs, prenant sa peur d'assaut, et essayant de s'incarner dans quelque chose qui peut-être se cachait au-delà du silence.

Le plancher craqua légèrement. Isabel se dit que si les planchers et les meubles craquent souvent, c'est parce que le bois a une mystérieuse prédisposition à prendre ses aises, d'où l'impression que ses fibres végétales sont encore en vie. Ce craquement, si fréquent dans le calme des nuits, n'avait rien de surprenant, mais le rythme de son cœur commença à s'accélérer quand il se répéta.

Puis il y eut un bruit doux et feutré, comme si quelque chose – la semelle d'un soulier ? – glissait nonchalamment sur le sol.

Les oreilles d'Isabel eurent alors l'impression que les bruits de la pièce redoublaient : la respiration ténue de Pablo, le petit gémissement fait de temps à autre par les plis des draps, les coups rythmés de son sang passant dans ses tempes et même le bourdonnement guttural du silence éveillant une sensation de danger, de puits, de gorge, quelque chose de profond où l'on peut s'enfoncer. Durant un certain temps – court ou long, Isabel n'en savait rien –, il n'y eut pas d'autre bruit dans la pièce. Cependant, et sans qu'aucune circonstance extérieure à sa peur y soit pour quelque chose, elle crut que quelqu'un l'observait quelque part dans la chambre.

Elle tourna ses yeux vers la commode, craignant de voir ce qu'elle cherchait ; elle imagina Dorotea dans le placard, debout entre les cintres et les vêtements, attendant qu'elle s'endorme pour sauter sur le lit.

Finalement, elle vit ou crut voir une ombre près de la porte de la pièce ; non, ce n'est rien, j'ai peur, murmura Isabel pour entendre sa propre voix.

La peur lui fit voir, au sommet de cette ombre, l'éclat d'un regard posé sur elle et des taches plus claires rappelant le rose pâle des joues et, sous ces formes, le rictus d'une bouche qui se mettait à sourire.

Le besoin d'agir et de se défendre, son agitation, tout s'arrêta brutalement. Il n'y avait plus que son souffle haletant et, à deux mètres de son lit, ce qu'elle prenait pour une ombre.

La fascination due à la peur paralysa sa main quand elle voulut prendre la boîte d'allumettes et allumer la petite lampe à gaz posée sur la table de nuit ; elle refusa aussi de glisser vers l'épaule de Pablo pour le secouer et obtenir un mot rassurant, pour qu'il donne une explication différente à ce qu'elle pressentait.

La main ne bougea pas, se dérobant à son autorité, tout cela parce qu'elle n'était plus que deux yeux grands ouverts au bord du drap et des oreilles blessées par les bruits.

Puis Isabel imagina que l'ombre qui était près de la porte bougeait, comme si une main se levait et la montrait du doigt, comme si la bouche s'ouvrait pour ricaner.

Ses pensées s'affolèrent, elle essaya de prier pour faire disparaître l'ombre ou, du moins, l'empêcher d'avancer vers le lit mais, dans son esprit, le "Je vous salue Marie" se mêla aux noms des intrus, à d'éventuelles scènes imminentes, toutes féroces, au spectacle de la noire colonne avançant vers eux.

Le mouvement de l'ombre semblait devenir plus visible. Comme si elle sortait du cône de légère luminosité dans laquelle elle était, les yeux, ou ce qui en avait tout l'air, et la tache des joues s'effacèrent, il n'y eut plus qu'un bloc compact et sombre, et, juste après, tout près du lit, l'ombre s'agrandit.

A cet instant dramatique, décisif, les mains rebelles d'Isabel obéirent : elles soulevèrent le bord du drap et recouvrirent son visage hagard.

Isabel ne savait pas si, durant l'éternité qui avait suivi, elle était restée éveillée ou s'était évanouie, la seule chose qu'elle savait, c'est que son corps était une boule de peur, une peur bleue, comme elle n'en avait jamais ressenti.

Elle sortit sa tête des draps quand la voix de Pablo répéta, inquiète, son nom et passa une main fébrile et attentionnée sur ses joues. La petite flamme du gaz était allumée sur la table de nuit et, entre le lit et la porte de la pièce, endroit qu'elle regardait craintivement et attentivement, il n'y avait rien ; la chambre avait recouvré son calme habituel.

C'était un rêve, dit tranquillement Pablo, tout en portant aux lèvres d'Isabel un verre d'eau et le cachet qui l'aiderait à dormir. Et il resta éveillé, assis à côté d'elle, lui parlant à voix basse, la rassurant, affichant le plus grand calme jusqu'à ce que le cachet fasse son effet.

Le lendemain matin, il faisait apparemment plus clair que d'habitude. Le soleil – l'été arrivait à grands pas – était plus franc et s'était emparé d'une grande partie de la pièce ; de plus, Isabel était soulagée de savoir que ces images nocturnes appartenaient toutes à l'âpre royaume des cauchemars.

Toujours est-il qu'elle ouvrit prudemment le placard, glissa méticuleusement sa main dans la penderie pour y prendre une jupe et, à la salle de bains, tira avec appréhension le rideau de la douche. Tout était en ordre.

Elle finit par se dire que l'ombre située près de la porte de la chambre était un rêve ou le fruit de son imagination effrayée. Et elle ne changea pas d'avis quand elle remarqua des points gris sur le plancher, entre la porte et le lit. Elle ne se pencha pas pour vérifier si c'était, comme elle l'avait instinctivement supposé, les cendres d'une cigarette.

La journée fut intrigante. Réfugiés dans leur chambre, arpentant par moments le jardin pour aller jusqu'au chemin dans l'espoir d'apercevoir un voyageur, les Martí ne remarquèrent aucun mouvement dans la maison ni n'entendirent le bruit habituel des travaux ménagers. L'aspirateur était silencieux.

A midi, les assiettes du déjeuner n'étaient pas sur la table ; pas plus qu'à l'heure du thé, ils ne virent la théière et les tasses.

A la tombée de la nuit, de la pénombre du vestibule, ils virent de la lumière dans la salle à manger : Javier, Sofía et Dorotea mangeaient et bavardaient tranquillement.

Pour la première fois depuis son arrivée, Javier n'avait ni sa veste blanche ni son pantalon noir ni son nœud papillon de majordome ; ils portaient tous les trois les vêtements sans forme et légers correspondant à l'intimité d'une famille.

Le lendemain matin, la même paix et le même silence que la veille régnaient dans la maison.

Les Martí, essayant d'imaginer, même si ce n'était guère raisonnable, que l'atmosphère de jadis était de retour, tentèrent de recouvrer leurs vieilles habitudes ; ils se firent du café et entrèrent dans la salle à manger pour prendre leur petit déjeuner. Javier, Sofía et Dorotea étaient assis à table et les observaient d'un air grave et impatient.

Tandis que Dorotea s'écriait "Il est dix heures, vous avez une heure de retard" et que Sofía chantonnait "Celui qui dort toute la journée a un crapaud qui grandit dans son bidon", Javier se leva et prit le plateau qu'Isabel avait entre les mains. Elle semblait tout à coup plus âgée et plus fragile et regardait en hésitant, désorientée, comme si elle ne les reconnaissait pas, les meubles et les tableaux de cette pièce occupée par des étrangers.

Javier posa, devant les femmes assises, la cafetière, les tasses et les couteaux à tartiner qu'Isabel avait mis sur le plateau et, regardant Martí, lui dit sur un ton de reproche :

— Il en manque une ! Tout en prenant une autre tasse dans le buffet, il ajouta : Vous savez bien que nous sommes trois. Tâchez de ne pas vous tromper !

Sofía dit à Isabel, sans brutalité, presque en souriant :

— Il manque le jus d'orange.

Dès le lever du jour, Isabel s'était cloîtrée dans un silence de mort.

Martí redoutait cette façon de se refermer sur soi ; il en avait déjà fait l'expérience dans les moments de malheur et avait vu les dégâts ; au silence initial succédait la prostration d'une femme différente, à l'air désolé, sans joie de vivre, s'affaiblissant progressivement.

Si bien qu'il essaierait de trouver des arguments capables de la tranquilliser. Au désarroi provoqué par l'insolence des intrus, il opposerait des mots rassurants, même s'ils semblaient absurdes. Les arguties et les mensonges étaient légitimes, car derrière ces symptômes guettait l'anémie, grave et dangereuse. Il inventerait n'importe quoi pour qu'Isabel garde confiance jusqu'à ce que cette folie se termine.

Ils allèrent dans le jardin. Martí essaya de se montrer convaincant en disant que tout cela n'était que de ridicules représailles de Dorotea, dues à sa rancœur insensée datant du temps où elle était avec eux ; tant et si bien qu'à présent son frère, sa belle-sœur et elle essayaient de leur gâcher pendant quelques jours la vie mais, quand ils s'estimeraient satisfaits, ils s'en iraient ou, plutôt, s'enfuiraient avant que quelqu'un vienne à la maison.

— Le travail se paie par du travail, maintenant c'est à votre tour de travailler, dit Martí d'un ton goguenard en essayant d'imiter la voix de Dorotea, en parodiant ses phrases de l'époque, mais il n'obtint aucun sourire d'Isabel, aucune autre expression sur son visage affligé. Il affirma alors d'un ton assuré : Les plaisanteries ne durent jamais très longtemps. Il est hors de question d'affronter ces voyous ou de leur parler, il faut faire comme s'ils n'étaient pas là jusqu'à ce qu'ils se lassent de cette comédie. Tu vas voir alors, comme ils vont partir d'eux-mêmes, sans qu'on le leur demande.

Il s'arrêta devant le rosier préféré d'Isabel et auquel, autrefois, elle parlait tous les jours, persuadée que la voix faisait du bien aux plantes, admira les boutons de rose qui naissaient avec la fin du printemps, enleva quelques feuilles mortes, comme elle le faisait tous les matins, mais sans succès : le regard de sa femme était ailleurs, prisonnier de ce qui se passait dans la maison.

Martí dit alors que quelqu'un viendrait sans tarder demander de leurs nouvelles, car leurs amis du village allaient commencer à s'inquiéter en ne les voyant pas venir comme tous les mois.

— Pense, sans aller chercher plus loin, à ce que va faire don Salustiano.

Martí lui rendait visite à la pharmacie chaque fois qu'il descendait au village, avant même d'aller boire un vermouth et de faire quelques parties de *truco* au bistrot, et ils bavardaient tranquillement. Martí disait deux mots sur son rhumatisme, don Salustiano lui remettait le sempiternel paquet de médicaments et, le reste du temps, ils évoquaient les bons moments et parlaient avec optimisme des années paisibles et heureuses qu'ils avaient encore bon espoir de vivre.

— Pense, sans aller chercher plus loin, répéta Martí, à ce que va faire don Salustiano, qui sait que j'ai besoin de cachets, quand il ne va pas me voir. Et à don Remigio et aux amis du bistrot. Il ajouta : Dans quelques jours, ils vont venir demander ce qui se passe. Puis, comme si l'idée lui mettait du baume au cœur, il s'écria en souriant : On va voir comment va réagir cette bande de sans-gêne !

Tandis qu'ils faisaient un tour dans l'enclos et le jardin, Martí parla des travaux qu'il ne tarderait pas à faire dans la salle de bains, “quand ces gens-là seront partis”, dit-il, et annonça que dès qu'il irait au village, il achèterait des carreaux pour remettre les murs de la cuisine en état. Il expliqua tout cela comme si c'était vraiment important pour lui.

Il rappela aussi que le commissaire lui avait, des mois auparavant, proposé un taureau, le dernier qui lui restait dans la ferme, dont il parlait toujours avec fierté et qui lui permettait de vivre, disait-il, car son salaire n'augmentait jamais aussi vite que les besoins de sa famille. Achat absurde puisque la paire de vieilles vaches qui passaient leur vie à paître derrière la maison ne servaient plus pour la reproduction et que leur seule fonction était d'être là pour leur tenir compagnie en silence. Mais Martí dit qu'il était content à l'idée d'élever des veaux, tout cela pour qu'Isabel l'en dissuade en cherchant des arguments qui s'opposeraient à ses projets, afin qu'elle pense à autre chose et non plus à ce qui l'accablait.

Mais Isabel continuait de se taire à côté de lui, le front légèrement en avant, fragile, vulnérable, inquiète. Jusqu'au moment où elle vit les nains.

A deux pas de la maison, ces deux personnages grotesques, aux couleurs criardes, enlaidissaient une partie du jardin.

Plus incrédules qu'irrités, ils s'approchèrent pour observer les visages rouges, les sourires de plâtre idiots, les clochettes des chapeaux que la brise balançait ; ils les touchèrent comme s'ils n'arrivaient pas à croire que ces personnages ridicules étaient là, dans le jardin dont ils prenaient tant de soin.

Puis Isabel gratta la terre, chercha entre les touffes d'herbe des alentours, redressa la tige et les petites branches cassées du pied de jasmin que Sofía avait arraché pour faire de la place aux nains.

Ils ne dirent rien. La surprise et l'écœurement ne laissaient guère de place pour les mots.

Quand ils entrèrent dans la maison, ils trouvèrent la salle de séjour vide. Martí s'assit sur le canapé et demanda à Isabel de se mettre à côté de lui. Cette atmosphère paisible, le profond silence de la maison leur accordèrent une trêve, un instant de sérénité.

De retour dans leur chambre, ils trouvèrent sur leur table de nuit une note qui tenait lieu de programme :

8 heures. Début du ménage.
9 heures. Petit déjeuner.
12 heures. Déjeuner.
17 heures. Goûter.
21 heures. Dîner.

Sur le dossier d'une chaise, repassés, impeccables, il y avait la veste blanche, le pantalon noir et le nœud papillon que Javier Ramírez portait les jours précédents.

Pour certains habitants du village, la fin de l'après-midi est occupée par la partie de boules au club.

Le club, nom qu'ils prononcent avec plaisir, voire un certain orgueil, comme s'il ressemblait à ceux que l'on voit dans les magazines, où il y a des piscines, des jardins fleuris et des salons lambrissés de bois précieux et sur les étagères des bouteilles différentes, des cruches de genièvre et d'eau-de-vie qui recouvrent le comptoir dont ils s'approchent après les parties ; le club n'est constitué que du terrain de jeu et du petit salon avec son comptoir et ses quelques tables.

Les parties ont pour enjeu l'honneur. Avant de tirer, les joueurs crachent dans leurs mains et sur la boule qu'ils vont lancer, et les phrases de défi et de moquerie fusent sans arrêt.

"Embrasse-lui le cul !", "Va voir ta mère !" sont les cris que chacun adresse à sa boule au moment de la lancer pour qu'elle s'approche du cochonnet. Ils crient aussi "Pas touche !", "Un peu de respect, c'est une demoiselle !" pour protéger leur propre boule, quand elle est bien placée, au moment où l'adversaire lance la sienne.

Le seul qui ne crie pas, c'est don Salustiano, comme s'il gardait toutes ses forces pour sa boule. Et, malgré son âge, il est sans pitié ; il est rare que quelqu'un le batte. Quand il lance sa boule au ras du sol, penché en avant, frôlant presque la terre avec un genou et faisant avec son bras un moulinet qui ressemble plutôt à un exercice d'acrobatie ou à un mouvement de danseur, elle se colle immanquablement au cochonnet, et s'il fait les trois pas et que sa boule fend l'air pour disperser celles des adversaires, la confusion est telle autour du cochonnet que plus rien ne la menace.

Personne ne prend ombrage de ses victoires, tant il est aimé dans le village.

Don Salustiano est un personnage essentiel de San Francisco, non seulement en raison de la façon dont il exerce son métier de pharmacien, ne s'inquiétant guère quand un villageois ne peut payer les soins et les médicaments, dont le paiement est remis à plus tard, mais aussi, parce qu'il est, dit-on, aussi vieux que le village et, même si tout le monde sait que c'est faux, on se plaît à le répéter, comme si l'on voulait dire par là que ce vieil homme bon et sage avait vu grandir tout le monde et avait pour chacun la solution et les mots qui conviennent.

Il est vrai que certains de ses compatriotes, à la mémoire fidèle, soutiennent que dans le passé on le connaissait sous un autre nom, Mauricio selon certains, Rufino selon d'autres, et qu'il s'est, plus tard, appelé Salustiano pour mettre en confiance ceux qui venaient le trouver pour des raisons de santé. Des racontars et des naïvetés fréquents chez les gens de la campagne et dans des villages désœuvrés comme San Francisco.

Pour certains villageois, la partie de boules, avec ses cris et ses défis, est la façon la plus agréable de terminer la journée ; le vendredi, on joue le cochon de lait ou l'agneau que celui qui perd préparera pour tout le monde le samedi soir.

La partie finie, les hommes boivent quelques verres d'eau-de-vie ou de genièvre dans le petit salon du club où l'on parle de tout et de rien, où l'on refait le monde et où l'on commente, inquiet ou soulagé, les variations du temps, menaçant ou propice aux cultures.

La politique, qui tient une si grande place dans les conversations entre hommes, est pour ces gens de la campagne quelque chose de lointain, comme une affaire ne les concernant pas ; les élections, les négociations et les promesses, qu'on apprend par la télévision et les journaux, ne sont pas des événements intimes, contrairement à ce qui se passe dans les foyers, les familles amies et les fermes des environs.

Le sujet du jour, au club, comme dans d'autres endroits de San Francisco, ce sont les ennuis de la benjamine de don Bermúdez faisant suite à ses rendez-vous avec le représentant de commerce qui a passé une semaine à l'hôtel du village et le mécontentement de son père quand il sera au courant. Mais don Salustiano, du haut de son autorité, coupe court aux ragots sur la vie privée des gens, commentés apparemment sans malice, mais avec le plaisir de pouvoir échapper aux bavardages routiniers.

— Ça ne nous regarde pas ! se contente-t-il de dire. Et personne n'ose le contredire.

Et pour faire diversion, don Salustiano dit qu'il est étonné que don Martí ne soit pas encore descendu au village et se demande si quelqu'un, parmi ceux qui possèdent une voiture, ne pourrait pas se donner la peine d'aller jusque chez lui apporter les cachets dont il a besoin pour soigner son rhumatisme, mais les autres disent que, s'il ne vient pas, c'est parce qu'il en a encore, ou même, parce qu'il se porte bien.

— Peut-être qu'il ne souffre plus depuis qu'il a du monde à son service, dit négligemment l'un des hommes.

Cependant, don Salustiano, comme s'il ne les écoutait pas, répète en insistant un peu pour impliquer les autres :

— A savoir qui sera capable de lui rendre ce service. Et, plus fermement, il ajoute : Tout de même, don Martí le mérite !

Un peu plus tard, quand commencent à arriver des maisons voisines les fumets modestes et savoureux d'un ragoût de lentilles, d'une épaisse soupe de légumes ou de la sauce tomate que quelqu'un touille dans une marmite pour la verser sur un plat de pâtes ou de polenta, don Salustiano met son chapeau et prend congé ; comme tous les soirs, il dînera tôt. Alors les autres commandent une nouvelle tournée de genièvre ou d'eau-de-vie et profitent de ce qu'ils sont seuls pour évoquer dans les moindres détails – connus de tous ou imaginés – les rendez-vous entre la fille du patron de l'entrepôt et le représentant de commerce.

La voix de Dorotea appela de la salle à manger :

— Pablo !

Surpris, il s'arrêta un instant. Il se remit aussitôt à marcher vers le vestibule sans se retourner. La voix, autoritaire, répéta :

— Pablo !

Cherchant le ton qui traduirait le mieux son indignation, Martí répondit :

— Qui vous a autorisé à m'appeler par mon prénom, insolente ?

— Pablo, hier je vous ai remis la fiche des horaires. Il est onze heures du matin et vous n'avez encore rien fait.

— Vous êtes folle !

— Le ménage n'a pas été fait depuis mon arrivée et vous ne nous servez pas les repas.

Martí explosa :

— De quoi parlez-vous ?

— Je parle de ce que vous devez faire et que vous ne faites pas. Vous qui étiez si pointilleux quand j'étais ici, à présent, alors que c'est à vous de travailler, vous passez votre temps à flemmarder.

— Vous êtes folle si vous croyez qu'on va faire quelque chose pour vous !

Avant que Dorotea réponde, Sofía, qui s'approchait, annonça :

— Une maison a besoin de domestiques et vous, rappelez-vous que vous n'avez pas voulu de nous. Nous, en revanche, nous sommes d'accord pour que vous nous serviez. De plus, mon mari et moi, nous vous avons montré comment il fallait faire. Mais il est vrai que vous êtes assez flemmards ; il y a dans les toilettes une odeur de crasse à faire honte.

Comme si le désarroi et le silence de Martí avaient valeur d'approbation, Dorotea continua à s'exprimer sur le ton impersonnel de qui se contente de donner des directives routinières :

— Dites à Isabel de commencer, demain, le ménage loin de nos chambres pour que l'aspirateur ne nous réveille pas. Et rappelez-vous qu'au petit déjeuner et au goûter nous prenons tous les trois du café avec une larme de lait froid et du jus d'orange.

— Et des toasts, ajouta Sofía.

— Des toasts, bien sûr.

— Et pour les repas, comme vous le savez, nous aimons qu'il y ait toujours une salade assaisonnée d'huile, de citron et d'une goutte de vinaigre ; pour le sel, c'est chacun à sa convenance.

Martí eut besoin de respirer un autre air que celui de cette maison, pollué par ces gens. De plus, il devait trouver une idée qui leur permette, à Isabel et à lui, de se tirer d'affaire, de se soustraire à une telle folie. C'était peut-être simple, mais, aveuglé par l'indignation, il ne la trouvait pas.

Impossible d'aller au village, il était trop loin et jamais aucun véhicule ne passait sur le chemin qui longeait la maison ; par négligence ou peut-être pour préserver jusqu'à l'absurde la solitude qu'ils avaient choisie, ils n'avaient jamais demandé l'installation d'une ligne de téléphone, toutefois, comment admettre d'être condamnés à supporter éternellement ces intrus, comme s'il n'y avait personne d'autre sur la planète ? Tous les gens, dans le village, seraient prêts à voler à leur secours mais il fallait trouver le moyen de leur faire savoir ce qui se passait. Il allait marcher pour se calmer et, alors, une idée sûrement simple, que l'irritation occultait pour le moment, lui montrerait comment retourner dans le monde du bon sens.

Une pipe pouvait aider : la chaleur du petit fourneau dans la main, la fumée et le goût du tabac, des sensations liées à des moments de tranquillité, contribueraient à le rasséréner. Il prit une grande pipe, qui conviendrait pour une longue marche.

Il avait le pressentiment que Javier n'était pas prêt à recourir à la force pour faire d'eux, Isabel et lui, ses domestiques. Ils n'iraient pas jusque-là. En conséquence, ils ne parviendraient pas à leur imposer leurs décisions.

— La cuisine est fermée à clé, dit Isabel, à demi couchée sur le lit, quand il entra dans la chambre.

Martí alla dans le jardin, fit le tour de la maison et essaya d'ouvrir la fenêtre de la cuisine : elle était verrouillée.

Debout devant Dorotea, qui fumait assise dans la salle de séjour, un transistor allumé à côté d'elle, et feuilletait les photos d'un vieux magazine de mode, Martí exigea :

— La clé de la cuisine.

— La clé de la cuisine ? répéta distraitement la femme sans lever les yeux.

Sofía, tout en souriant sans regarder Martí, comme si elle répondait à une plaisanterie, demanda :

— Qui peut l'avoir ? Le grand prêtre ? Puis, observant le petit pinceau qu'elle passait sur ses ongles pour les vernir, elle ajouta : Peut-être, Javier !

Martí frappa du poing contre la porte close de la chambre de Javier.

— La clé de la cuisine ! cria-t-il.

Une voix lasse répondit :

— Ne me cassez pas les pieds, Pablo, je dors.

— La clé de la cuisine ! répéta Martí.

La voix ne répondit pas. On entendit, en revanche, une imitation burlesque de ronflement.

Martí retourna dans la salle à manger pour affronter les femmes :

— Vous dépassez les limites ! Ouvrez immédiatement la porte de la cuisine.

Dorotea, qui ne s'intéressait qu'au magazine qu'elle ne cessait de feuilleter et ne baissait pas le volume du transistor à côté d'elle, comme s'il lui était égal que Martí l'entende ou non, dit :

— Il faut gagner sa croûte. Rien n'est gratuit en ce bas monde. C'est ce que vous m'avez appris quand j'étais ici.

Martí garda son sang-froid, ou plutôt l'image d'Isabel, son profil sur l'oreiller que la fragilité et la vulnérabilité menaçaient, l'empêcha d'exploser.

Il chercha un argument convaincant, mais il ne réussit qu'à dire – et, pour la première fois, sa voix eut un timbre différent, sans fierté et sans énergie, c'était plus une demande qu'une réclamation :

— Ce n'est pas pour moi, mais pour Isabel. Elle est très faible.

Dorotea ne changea pas d'un iota :

— Ici, comme ailleurs, celui qui ne travaille pas ne mange pas, même s'il est faible. Elle leva les yeux vers lui pour ajouter : Moi aussi, j'étais faible quand je suis arrivée, et vous m'avez dit que je ne pouvais pas rester avec vous si je ne travaillais pas.

Tandis que Martí s'éloignait vers sa chambre, un bruit attira les yeux de Dorotea vers un coin de la salle de séjour ; comme l'année précédente au même endroit, elle échangea des regards haineux avec le chat, encore troublé par l'angoisse qu'il avait perçue chez son maître.

Serrant les lèvres, la femme murmura :

— Je vais te faire la peau, sale blanc-bec !

Elle eut droit à un soupir qui, sans raison, lui fit l'effet d'une provocation.

Elle se leva et, secouée par la toux, cria d'une voix furieuse :

— Fous le camp ou je te tue, fils de pute !

Mais le chat continuait à la regarder sans bouger. Ce défi lui faisant perdre son sang-froid, elle jeta alors vers les yeux jaunes qui ne cessaient de l'observer un cendrier qui laissa dans son sillage mégots et cendres et s'écrasa bruyamment contre le mur.

Enfermés dans leur chambre, ils mangèrent ce qui restait d'un paquet de biscuits que, par hasard, ils avaient rangé, quelques jours auparavant, dans leur armoire. Puis, ne perdant pas espoir, Martí se précipita au potager. Il ne trouva que des laitues fripées et quelques restes de légumes qui avaient été grossièrement arrachés. Au poulailler, les œufs du jour avaient été enlevés de leur lit de paille.

Il déplora plus que jamais l'inutilité de ces vaches qu'ils ne gardaient que par habitude, regretta de ne pas en avoir une à traire depuis la mort prématurée du dernier veau.

La nuit fut difficile et le lendemain un cauchemar. L'estomac vide, Isabel souffrait de douloureux élancements dans la nuque et de terribles nausées qui l'empêchaient de se lever.

En annonçant son intention de quitter la ville et de mener une vie différente à la campagne, Martí, qui avait écouté, troublé et étonné (les calamités n'arrivent qu'aux autres), les mots sévères du médecin qui, dès le début de son anémie, suivait Isabel, son impitoyable diagnostic, avait souscrit au changement d'air qu'il avait prescrit en se disant qu'ils seraient heureux loin du tumulte et du stress de la ville et, elle, comme toujours, l'avait approuvé.

Et depuis qu'ils étaient dans cette maison, la santé d'Isabel s'était nettement améliorée ; l'oisiveté, l'air des grandes étendues et la cuisine soignée et abondante l'avaient remise sur pied.

Mais, maintenant, le jeûne lui faisait perdre à grande vitesse le bénéfice qu'elle avait tiré de toutes ces années.

Elle était prostrée et n'avait plus la force de parler, son profil qui se découpait sur le traversin était pathétique : joues creuses, lèvres tremblantes et, sous sa peau tendue et fragile, comme des excroissances, les petites branches bleues des veines.

Il n'hésita pas. Sa dignité était moins importante que son amour pour Isabel. Il se dirait que ce n'était pas lui, mais un autre, qui se soumettait et s'humiliait.

Il alla dans le couloir et, sans réfléchir, sans laisser à un accès de rage ou d'honneur le temps de le paralyser, il prit l'aspirateur et se mit à faire le ménage ; il remonta le couloir jusqu'aux chambres du fond, dont les portes étaient encore fermées, et retourna sur ses pas, s'empressant de passer l'aspirateur dans la salle de séjour.

Lorsqu'il remonta le vestibule, la vision des intrus assis dans la salle à manger, qui riaient et prenaient leur petit déjeuner sans se presser, le mit hors de lui, mais le fragile visage d'Isabel se découpant sur le traversin lui rendit son sang-froid.

Quand ils passèrent devant lui pour aller se vautrer dans les fauteuils de la salle de séjour, feuilleter leurs magazines et se congratuler, il éteignit l'aspirateur et entra dans la salle à manger : la porte de la cuisine était ouverte.

Il s'apprêtait à prendre des provisions dans l'armoire pour les apporter à Isabel quand la voix de Dorotea dit dans son dos :

— Pour un début, c'est pas mal. Mais le reste du ménage et notre petit déjeuner n'ont pas été faits. Aussi, demain, levez-vous tôt !

La voix de Sofía, qui s'approchait, ajouta :

— Soyez ponctuels pour les repas. On aime manger à l'heure.

Et pour finir, cette recommandation de Dorotea :

— N'oubliez pas le petit vase de fleurs sur la table, comme je le faisais, moi, quand je travaillais pour vous. Même si elles ne sont pas jaunes.

— Glouton ! cria Sofía en riant quand Martí sortit de la cuisine avec des paquets dans les mains.

Il se leva avant le jour. S'ils voulaient qu'il leur prépare le petit déjeuner alors qu'ils étaient encore au lit, la porte de la cuisine avait dû rester ouverte.

Il prendrait des provisions pour plusieurs jours, ils s'enfermeraient dans leur chambre et en bloqueraient l'entrée avec la commode et le lit, meubles vieux et lourds qui peut-être les arrêteraient ; quelque chose, un miracle aussi bien, l'arrivée de quelqu'un qu'ils connaissaient au village, se produirait avant que les provisions s'achèvent et que ces gens parviennent à pénétrer dans leur chambre.

Il prit dans le placard deux sacs de voyage et, pieds nus pour éviter le frottement des pantoufles sur le sol, traversa la salle à manger et entra dans la cuisine.

Il posa les sacs sur la table et prit dans l'armoire des pots, des boîtes de conserve et des paquets de nourriture.

Il crut entendre un bruit qui perturbait le silence de la maison. Il se dit que c'était le sommeil nonchalant des intrus ; il les imagina endormis, faisant des rêves heureux, et comprit combien il les haïssait.

Puis il se rendit compte que ce bruit n'était que celui de sa respiration haletante, de son cœur perturbé par la crainte et l'urgence.

Il se demanda s'il aurait la force de porter les sacs pleins jusqu'à leur chambre et se dit en s'armant de courage que la force ne venait pas de l'homme, elle appartenait à l'obstacle, la difficulté faisant le reste, donnant une vigueur inattendue. Quand le besoin presse, les forces apparaissent, pensa Martí, et il continua à remplir les sacs de paquets de nourriture ; il prit aussi un petit radiateur électrique que, des années auparavant, ils avaient rangé au fond de l'armoire.

Le bruit reprit.

Il fermait les sacs, se reprochant ses halètements qui rendaient ses mouvements maladroits, quand, près de lui, il entendit des toussotements répétés et feints et, aussitôt après, une voix de réprobation :

— Quelle honte, voler de la nourriture !

Javier Ramírez vida les sacs que Martí avait remplis pour remettre les boîtes et les pots sur les étagères de l'armoire et les légumes verts dans le panier. Puis, tranquillement, comme quelqu'un qui se contente de donner une explication, il dit :

— Je vais devoir fermer l'armoire à clé. Et sur le ton de la protestation : Voyez ce que vous m'obligez à faire ! Quand même, Pablo, une grande personne...

Martí supporta l'insolence de ces yeux indulgents et moqueurs qui feignaient la tolérance d'un adulte envers un enfant surpris en train de faire une bêtise et demanda d'un ton sec :

— Combien voulez-vous ?

L'expression de l'autre ne changea pas.

— Combien voulez-vous pour partir ?

— Nous n'avons pas dit que nous voulions partir. Nous sommes bien ici.

— Dites un chiffre.

— Vous n'y êtes pas, Pablo. Nous ne vous avons pas demandé d'argent.

— Je vous fais une proposition. Dites un chiffre. Je vous fais un chèque, vous le touchez à la coopérative et vous partez.

— La seule chose que nous désirons, c'est être bien dans cette maison, nous reposer, bien manger, disposer d'un bon service, comme tant de gens qui ont des domestiques. Nous sommes modestes, nous n'avons pas d'autres prétentions.

— Avec de l'argent en poche, vous trouverez une excellente bonne, où que vous alliez.

— Pourquoi devrions-nous chercher une autre bonne ?

Martí explosa :

— Fils de pute, dites combien et filez !

Javier le regarda sévèrement. Il semblait plus grand et plus fort, comme si, irrité, il bandait ses muscles.

Il y eut un instant de silence auquel pouvaient succéder plusieurs dénouements possibles. Martí ne fit pas machine arrière. Finalement, l'autre dit :

— Que notre petit déjeuner soit prêt à neuf heures ! Après vous pourrez apporter de quoi manger à Isabel. Pour l'instant, recouchez-vous !

La grande et vieille voiture bleue, repérable à ses ailes foncées et à son moteur enroué, s'arrêta devant le panneau qui annonçait "Entrepôt de grains Remigio Bermúdez et Fils".

Javier Ramírez entra dans le magasin, s'approcha du comptoir et attendit que le patron ait fini de s'occuper d'une cliente. Puis il demanda en souriant :

— Vous vous souvenez de moi ? Je suis venu chez vous avec ma femme le mois dernier quand nous allions chez M. et Mme Martí.

— Bien sûr que je me souviens de vous ! s'écria le patron. Apparemment, tout s'est bien passé.

— Très bien. Ils nous ont embauchés, nous sommes très contents et je crois qu'eux aussi.

— J'en suis ravi pour vous et pour don Martí et Mme Isabel. Ce sont des gens très âgés qui ne pouvaient continuer à rester seuls, toujours à la merci d'une attaque.

— C'est ce que nous nous disons toujours, ma femme et moi. Comment ont-ils pu vivre seuls si longtemps, âgés comme ils le sont ?

— Imaginez, une maladie, un accident, que Dieu les en préserve ! fit remarquer le patron.

— Ou un voyou qui s'introduit chez eux, ajouta Javier. C'est un endroit calme, mais on ne sait jamais.

Le patron tomba d'accord :

— On ne sait jamais, répéta-t-il. Regardant l'autre avec sympathie, il ajouta : C'était sûr qu'ils vous prendraient ; je veux dire qu'ils vous embaucheraient. J'en ai parlé avec ma femme, je suis sûr que les Martí ont embauché ces personnes, je lui ai dit, ce sont des gens bien.

Javier accepta avec un sourire le compliment du patron. Puis il annonça :

— M. Martí m'a demandé de faire les courses pour ce mois-ci.

Le patron dit en riant :

— Evidemment, maintenant qu'ils ont du monde pour s'occuper d'eux, ils ne viennent plus voir leurs amis ! N'oubliez pas de le dire au patron.

— Je n'oublierai pas.

— Il vous a fait une liste ou c'est comme d'habitude ?

— Comme d'habitude. C'est ce qu'a dit M. Martí.

Le patron se dirigea vers les étagères et donna quelques ordres à ses employés. Puis il demanda :

— Vous irez aussi à la pharmacie ?

— A la pharmacie ?

— La pharmacie qui est là-bas, au bloc suivant. Don Martí ne vous a rien dit ?

Javier eut du mal à ne pas bredouiller.

— Non, il ne m'a rien dit.

— Chaque fois qu'il vient, il passe par la pharmacie pour prendre ses cachets. Vous avez dû remarquer que son rhumatisme lui empoisonne la vie, non ?

— Oui, bien sûr, mais vous savez comment est le patron, il ne se plaint jamais et il ne m'a rien demandé.

— Donc il doit tenir encore le coup, dit le patron. Mais il changea aussitôt d'idée et, s'adressant à l'un des garçons qui était derrière le comptoir, il cria : Francisco, va tout de suite à la pharmacie et demande à don Salustiano une boîte de ces cachets que don Martí prend contre le rhumatisme. Explique-lui qu'il n'est pas venu, que l'homme qui est ici va les lui apporter... Et se tournant vers Javier, il expliqua : Si don Salustiano pense que don Martí est venu au village et n'est pas passé lui dire bonjour, il est capable de se vexer. Brave homme s'il en est, mais jaloux de ses amis. Et en souriant et en levant les yeux au ciel, il ajouta affectueusement : Ah, ce don Salustiano…

Quand le garçon qui s'appelait Francisco fut de retour avec le paquet envoyé par le pharmacien, alors que les caisses de provisions avaient déjà été mises sur la banquette arrière et dans le coffre de la voiture, Javier dit en hésitant :

— M. Martí a dit que vous deviez vous faire rembourser par la coopérative…

— D'accord, c'est comme ça qu'on fait d'habitude, je vous l'ai déjà dit la dernière fois, vous vous en souvenez ? demanda le patron. Il sortit deux enveloppes d'un tiroir de son bureau et ajouta : Remettez à don Martí les lettres qui sont arrivées. Il s'enquit aussitôt : Vous m'avez apporté les lettres ?

L'autre eut l'air surpris.

— Les lettres ?

— Les lettres de don Martí pour que je les mette à la poste.

— Non, il ne m'a rien donné.

— C'est bizarre, tous les mois et demi, il envoie une lettre à son neveu. Celui qui est à la capitale, il a dû vous parler de lui.

— Il avait peut-être l'intention de me les donner, mais je suis parti tôt, monsieur et madame dormaient encore.

Le patron l'observa d'un air dubitatif. Puis il eut une idée, dont il eut l'air de se satisfaire :

— Don Martí a peut-être l'intention de venir faire un tour par ici dans les jours qui viennent et de me les apporter. Il aime bien aller boire un petit vermouth au bistrot d'en face et faire une partie de *truco* avec ses amis.

De retour à la maison, après avoir transporté les caisses à la cuisine et rangé leur contenu sur les étagères de l'armoire, Javier Ramírez remit à Martí le paquet envoyé par le pharmacien et lui fit savoir que, dans les jours qui venaient, il devait écrire quelques lettres, dont une à son neveu.

Il avait tout tenté pour ne pas les servir, crises de colère, menaces (qui, dans la situation où ils se trouvaient, étaient sans fondement), malaises subits. Sans aller jusqu'à se plaindre ou supplier, il invoqua aussi son rhumatisme dans les jambes et le dos. Mais toutes ses protestations étaient accueillies par un nouveau tour de clé dans la serrure de la porte de la cuisine.

Si bien que, sans leur parler, sans montrer qu'il acceptait, sans répondre quand ils lui donnaient des ordres déplaisants de la salle à manger, tous les matins, Martí s'empressait de passer l'aspirateur dans la maison, de verser du désodorisant dans les cabinets et de donner un coup de plumeau ou de chiffon sur les meubles pour éviter à sa femme la fatigue de ce genre de besognes.

Et, un jour, Isabel sortit de sa chambre, alla dans le potager où avaient commencé à pousser de nouvelles laitues, ainsi que des tomates et des oignons dont les petites têtes rondes grossissaient, et la vision et l'odeur de cet endroit tant aimé lui mirent du baume au cœur : Pablo ne se trompait pas, ses phrases rassurantes n'étaient pas stupides, ces gens qui occupaient la maison, ce n'était qu'un accident absurde et momentané, et elle trouva la force de dire, de se dire, avec la fermeté nécessaire pour qu'une pensée se transforme en ligne de conduite, qu'il s'agissait simplement de fortifier son corps et de fermer son âme pour les mettre hors d'atteinte ; elle supporterait la gêne causée par les intrus tout en sachant que, un jour, quelqu'un viendrait forcément à la maison.

Elle arpenta le jardin, s'approcha de son rosier préféré et lui parla, comme elle le faisait, tous les matins, avant l'arrivée de ces gens, contempla sans irritation les nains ridicules tout en se disant que, bientôt, il y aurait à leur place un pied de jasmin ou quelque autre plante, alla jusqu'à la barrière en s'empêchant de regarder anxieusement le chemin (elle ne se laisserait pas obséder par le dénouement prévisible et attendu, elle considérerait comme un jeu les règles que ces gens édictaient), marcha jusqu'à la clôture, disposée à jouir comme jadis du calme de la campagne, observa les reflets du soleil sur le mica des collines de pierre, aspira l'arôme puissant des écorces et des fleurs et retourna à la maison.

En chantant ou en essayant de chanter, mais en pensant à une chanson pour que la distance qu'elle devait s'imposer soit plus grande, elle entra dans la cuisine et prépara à manger pour tout le monde.

Martí emplit deux assiettes pour les monter dans sa chambre. Il avait l'intention de laisser dans la marmite la nourriture des autres, mais Dorotea, de la porte de la cuisine, lui dit que ce n'était pas une façon de faire le service, qu'elle, son frère et sa belle-sœur n'avaient pas à se lever de table pour aller chercher leur repas.

— Ne soyez pas chiant, Pablo, ne foutez pas la merde ! dit Sofía sur un ton amical en se montrant elle aussi à la porte de la cuisine.

Alors Isabel, avec un sourire que Dorotea observa avec étonnement, emplit avec une lenteur altière, sans brusquerie, comme si cela ne lui déplaisait pas, trois assiettes et les mit sur un plateau.

Martí, qui ne comprenait pas encore la distance dont Isabel faisait preuve, affirma que jamais il n'apporterait de nourriture sur la table, qu'il préférait mourir que s'abaisser de la sorte ; mais au premier geste de Dorotea agitant la clé de la cuisine en montrant Isabel d'un regard ironique, il prit le plateau et l'apporta dans la salle à manger.

— Que ça sent bon ! s'écria Sofía, penchée sur son assiette.

Après avoir goûté le plat, s'adressant à l'homme qui était debout à côté de la table, muet et immobile comme si une pensée angoissante le privait de voix et de réactions, la femme, toujours aussi enthousiaste, ajouta :

— Dites à Isabel que nous sommes contents d'elle, elle fait très bien la cuisine.

Dorotea renchérit, la bouche pleine :

— Oui, dites-le-lui, elle le mérite. Dites-lui aussi que, ce soir, nous voulons un repas plus léger.

Mais Sofía ne se laissa pas interrompre par les phrases de sa belle-sœur et reprit joyeusement la parole :

— Félicitez-la, Pablo, dites-lui qu'elle s'est surpassée. Elle s'écria, ravie : C'est comme ça que ma grand-mère faisait la cuisine. Elle était géniale, elle avait un de ces tours de main !

Javier, sur un ton différent, levant la tête vers le vieillard toujours debout à côté de la table, sans sévérité mais avec un brin de reproche, lui dit :

— Rappelez-vous, Pablo, et je ne tiens pas à avoir à le répéter, que, pour servir, vous devez mettre la veste blanche.

Déchirer la dernière lettre de Rafael, dans laquelle il annonçait sa visite pour les fêtes de fin d'année, lui fit de la peine mais il ne pouvait pas prendre le risque de la leur laisser lire. Qui sait quels prétextes ils l'obligeraient à inventer pour que son neveu remette son voyage à plus tard : une maladie contagieuse, une visite en ville, un voyage prévu depuis longtemps dans une autre région ? La clé de la cuisine qu'ils avaient entre les mains les rendait tout-puissants.

Maintenant, les intrus savaient par Bermúdez qu'il envoyait, de temps à autre, des lettres et qu'il devait à son neveu une réponse à celle du mois précédent ; à un moment ou à un autre, ils exigeraient qu'il lui écrive, comme Javier l'avait déjà dit. Il sauterait ainsi sur l'occasion.

Il choisirait avec précision des mots qui, codés, innocents pour l'ennemi, constitueraient un message clair pour Rafael. Il devait, en plus, les apprendre par cœur pour que, au moment où il écrirait, si l'un d'eux était près de lui, ses phrases aient l'air improvisées et naturelles. Il trouverait un moyen d'attirer l'attention de son neveu.

Il ne dirait pas un mot sur la visite que Rafael leur annonçait ; cette absence d'enthousiasme serait si surprenante, si étrangère à ses habitudes, que son neveu ne manquerait pas de comprendre qu'il se passait quelque chose de bizarre.

Et s'il faisait fausse route ? Si son silence sur le voyage prévu par Rafael passait pour la distraction d'un vieil homme au moment où il écrit ?

Il devait ajouter quelque chose d'éloquent, qui ne laisse pas planer de doutes.

Il passa l'après-midi à inventer et à abandonner des phrases qui ne résisteraient pas aux questions que, à coup sûr, ils lui poseraient.

Il finit par trouver l'idée qu'il cherchait. D'une simplicité étonnante, confondante, mais indéchiffrable pour les ennemis : il donnerait, dans sa lettre, une inquiétante impression de sénilité ou de folie, il évoquerait des souvenirs familiaux qui n'avaient jamais existé, il enverrait le bonjour au beau-père de Rafael, mort dix ans auparavant, et demanderait à son neveu des nouvelles de sa femme et de ses enfants, en changeant leurs prénoms.

Pour la première fois par ces temps de malheur, Martí se sentit enthousiaste. Il se trouva ingénieux ; une idée belle et facile les sauverait.

Il s'aperçut qu'il parlait seul, égrenait à voix haute des phrases et des questions capables de traduire sa prétendue folie.

Rafael, désespéré, ferait le voyage ou téléphonerait immédiatement au village.

Dès que Javier Ramírez aurait apporté à Bermúdez cette lettre, les jours des ennemis dans la maison seraient comptés.

On entend jusqu'à l'entrée du village la clameur des cloches que le père Miguel fait sonner avant la messe. Ce n'est pas le bref et parcimonieux tintement des autres églises. Le père Miguel se pend à la corde jusqu'à ce que ses mains soient rouges, dans l'espoir que le coup insistant du battant fasse sortir les paroissiens de leur lit, aussi bien ceux du village que ceux qui habitent dans les fermes alentour, après la soirée particulière du samedi où tous, échappant à la contrainte du travail le lendemain, se permettent de bavarder ou de jouer au *truco* jusqu'à l'aube dans le salon du club ou au bistrot et luttent péniblement contre le sommeil pour fêter leur liberté momentanée.

Les paroissiens arrivent, les villageois à pied, les gens de la campagne sur des remorques et de vieux pick-up. Des familles s'approchent puis, assises sur les bancs de l'église, elles ne cachent pas leur joie d'être là, au milieu de tout le monde, où elles peuvent être vues et regarder les autres, exhiber les blouses amidonnées du dimanche, les souliers vernis, le pantalon qui vient d'être repassé, les espadrilles plates, un ruban de soie dans les cheveux, comme ceux que se mettent les actrices sur les photos des magazines que don Bermúdez apporte parfois, un bracelet ou une broche hérités de la grand-mère et les choucroutes dans lesquelles brillent des substances gluantes qui permettent de les dresser et de les modeler.

Les enfants courent entre les bancs et les parents essaient en vain de les retenir. Efforts de façade, uniquement pour être vus par les autres et montrer qu'on se soucie du silence de l'église et qu'on respecte la messe qui ne va pas tarder à commencer. Personne n'insiste ni ne s'énerve, pas plus les parents que les autres, car tout le monde sait que les jeux des enfants ne gênent ni ne blasphèment, ils sont paisibles et respectueux, comme le caractère et les mœurs de ces gens.

L'idiot du village s'installe dans son coin avant que les autres arrivent.

Tôt dans la matinée, il s'est vite faufilé dans l'embrasure de la porte que le père Miguel ouvre, comme s'il craignait qu'elle ne se referme immédiatement, et sans répondre au sempiternel salut, bienveillant et affectueux, "bonjour Nicolás", il passe devant le curé et court jusqu'à la sacristie que l'on aperçoit derrière l'autel. Là, le père Miguel lui servira un bol de lait et des biscuits, comme tous les matins, sur lesquels il se précipitera comme s'il craignait que cette nourriture ne lui soit arrachée. Quand il a fini, il éructe longtemps, bruyamment et, l'espace d'un instant, apparaît sur son visage une grimace qui pourrait être un sourire. "Bon, ça va, Nicolás", lui dit alors le père Miguel, et l'idiot court vers sa place au bout d'un banc. La messe ne commencera que dans une petite heure mais lui il observe fixement l'autel, comme si le père Miguel et l'enfant de chœur accomplissaient déjà leurs actes rituels.

Pendant la messe, l'idiot ne quittera pas sa place, son regard ne bougera ni ne changera ; mais, au moment de la consécration du pain, il observera, béat, l'hostie blanche que le père lève, et peut-être parce qu'il comprend que s'y trouve le corps du Christ, ou pour une tout autre raison, aussi bien un souvenir d'enfance, ses yeux s'empliront de larmes ; c'est le seul changement qu'on notera chez cet homme d'âge indéfinissable. Et seules ses éructations bruyantes et ses fous rires à certains moments de la messe rappelleront sa présence, provoquant la joie des enfants et le sourire des grands, immédiatement réprimé par la compassion que tout le monde éprouve pour lui.

La petite église est pleine, mais l'office n'a pas encore commencé.

Un murmure se répand dans les premiers rangs. Le père Miguel s'est approché et explique quelque chose d'un air inquiet.

Le garçon du poste d'essence, qui, tous les dimanches, offre ses services pour une tasse de chocolat et deux petits pains au lait, a la grippe et est resté au lit. Sans enfant de chœur, la messe ne peut commencer.

Plus par honte que par paresse, les hommes des premiers bancs refusent de secourir le père. “Je ne sais pas comment il faut faire”, “Mon père, à tous les coups, je vais faire une gaffe !”, “Je suis trop rustre pour ce genre de choses”, disent-ils avec des sourires timides.

Tous cherchent du regard un garçon capable de remplacer l’absent, mais aucun ne semble convenir : incompétents, trop jeunes.

Un homme corpulent, assis sur le premier banc, hausse alors la voix :

— Mon père, Cirilo va vous aider ! Et s’adressant à un jeune garçon monté en graine et dégingandé qui est à côté de lui, il lui ordonne : Va à l’autel, Cirilo, et fais ce que le père te dit !

— Oui, commissaire, murmure respectueusement et un peu effrayé le jeune homme en se levant.

Comme le père Miguel, ou peut-être simplement les coutumes du village, ne veut pas qu’on serve la messe sans aube, le jeune garçon nommé Cirilo doit mettre l’habit rouge, bordé de dentelle blanche aux poignets et au cou, qui, parce qu’il n’est pas à sa taille, a sur lui tout d’un déguisement.

A la sortie de la messe, tout le monde se réunit en prévision de la semaine qui vient.

On échange d’aimables salutations, les familles et les intimes des bises, les femmes s’observent avec une indifférence feinte, attentives et sensibles à l’apparition d’un vêtement ou d’un ornement neuf dans une toilette féminine, et les conversations portent surtout, comme toujours, sur les conséquences de la sécheresse ou de la pluie, dont dépend le bien-être de tous. On parle calmement des quelques nouveautés survenues au foyer dans la semaine qui vient de s'écouler, des espiègleries des enfants, de la santé des plus âgés, des nouvelles reçues de la ville. Mais, ce dimanche-là, personne ne peut s'empêcher de parler de ce qui met le village en ébullition. Quelqu'un aborde le sujet par une phrase de commisération :

— Pauvres Bermúdez, de si braves gens ! C'est triste ce qui leur arrive !

— Pourtant, elle avait l'air calme, la Delmita !

— Moi, j'ai eu des soupçons dès que je les ai vus bavarder devant la porte de la banque. Il corrige : Erreur. La porte de la poste. Et il explique : Leur visage les trahissait, ils se regardaient comme s'ils allaient se dévorer !

— Je ne suis pas surpris, je les ai vus monter dans la voiture et se diriger vers la campagne.

— Et ça commence à se voir !

— Eh oui, malgré ces blouses larges que portent les filles aujourd'hui, ça commence à se voir !

— Il est représentant en quoi, le garçon ?

— Je ne sais pas, on parle de ces machines à calculer qui sont en vogue maintenant.

— Il est retourné en ville et on n'a plus eu aucune nouvelle de lui, n'est-ce pas ?

— Il faudrait vérifier dans quelle boîte il travaille et écrire aux patrons pour qu'il prenne ses responsabilités.

Celui qui est devant le porche remarque que parmi les rares retardataires il y a Remigio Bermúdez qui se dirige vers eux.

Il alerte aussitôt les autres et dit, à voix haute, presque en criant :

— Don Bermúdez, venez…

Un autre homme, pour dissimuler le silence impromptu du groupe, s'écrie en riant :

— Quel spectacle, ce Cirilo ! Un poteau en jupe !

— Une jupe en berne, avec de si longues pattes…

Après, comme tous les dimanches, on parle des absents, de ceux qui ne sont pas venus à la messe.

Quelqu'un mentionne les gens des fermes qui bordent le fleuve.

— Avec l'inondation de jeudi, c'était réglé comme du papier à musique qu'ils ne viendraient pas. Leurs mains ne suffisent pas pour s'occuper de tant de dégâts.

— Et qu'est-ce qui a pu arriver à Carlota ? Elle ne rate jamais la messe.

— Celui que je n'ai pas vu non plus, c'est le *gringo* Tapia, il est malade ?

Ils parlent aussi des Martí et de leur longue absence ; sujet fréquent dans ce genre de rassemblements.

— Ça fait un bon bout de temps qu'ils ne se donnent plus la peine de venir jusqu'ici.

— D'habitude, ils venaient à la messe.

— Mais pas tous les dimanches, précise une villageoise qui tient dans sa tête une liste des absents et des présents.

— Ça va pour eux ! Avec du monde à leur service, ils n'ont même plus envie de sortir !

— Vous, don Bermúdez, vous connaissez le couple qu'ils ont pris ; ils ont l'air honnête, n'est-ce pas ?

— Oui, des gens bien, répond Bermúdez.

— J'en suis ravi. Les Martí le méritent.

— Des perles, ces Martí ! assène un autre.

La femme à la liste demande :

— Et les Bernal ? Qu'est-ce que vous en dites ? Ça fait une éternité qu'ils ne sont pas venus à la messe.

— Vous savez, madame, les pauvres, ils ont des problèmes avec les gosses, le plus jeune est toujours malade, avec ce petit corps de souris, propose comme explication un villageois bienveillant qui cherche à comprendre les autres.

Mais la femme qui a posé la question répond énergiquement :

— Allons don Zárate, ce n'est pas une raison pour rater la messe !

Et les autres femmes font savoir qu'elles l'approuvent.

Après une telle réplique, les villageois sortent enfin de leur prudence et, ne craignant plus d'être pris pour de mauvaises langues, y vont de leurs commentaires qui rendent la conversation piquante.

— Peut-être que le couple bat de l'aile et que c'est pour ça qu'ils ne viennent pas.

— Je les ai rencontrés il y a quelques jours à la coopérative et j'ai eu l'impression qu'ils ne se parlaient plus.

— C'est la seule explication, dit un autre d'un ton fataliste, comme si ce malheur l'affectait.

Ils se livrent à des hypothèses semblables au sujet d'une autre villageoise qui, elle non plus, n'est pas venue à la messe.

— Ma sœur, qui a sa maison collée à la sienne, dit qu'elle a entendu des cris cette nuit.

— Encore ?

— Encore. Le nègre se soûle et devient difficile à supporter, il n'y a plus rien à en tirer !

Ces phrases et celles qui suivent fourniront plus tard aux familles de quoi jaser quand elles se retrouveront autour du plat de raviolis, moment où l'on a toujours envie d'apprendre des nouvelles, de faire de nouveaux commentaires qui s'ajouteront aux conversations – toujours les mêmes – de chaque semaine.

Certains hommes prendront, avant le déjeuner, l'apéritif au bistrot où, le dimanche à midi, deux d'entre eux se font remarquer en grattant la guitare et en chantant des *rancheras* et des *milongas*. Ce sont toujours les mêmes, mais les guitaristes accueillent avec des sourires les plaisanteries des autres et tous jouissent de ce moment de musique et de chansons qu'ils connaissent par cœur.

Puis il y aura la sieste ou un match de football à la radio et, enfin, les heures, pour certains, consacrées exclusivement au repos, ou peut-être à l'ennui, et, pour d'autres, à cette vague inquiétude qu'éveillent les dimanches après-midi.

Tous les matins, le regard de Dorotea suivait les mouvements de Martí quand il passait le plumeau sur les meubles et la baie de la salle de séjour. Telle une maîtresse de maison exigeante, elle avait pris l'habitude de passer un doigt sur la surface du meuble ou la vitre qu'il venait de nettoyer pour le lever droit et couvert de poussière devant ses yeux.

Isabel s'occupait de la cuisine. Elle travaillait en fredonnant des chansons. Quand elle sentait que sa rage risquait d'exploser, elle se disait qu'elle cuisinait pour un groupe d'amis et haussait la voix pour s'entendre chanter.

Les intrus rangeaient leur chambre : celle du fond qu'occupait le couple et celle d'à côté où dormait Dorotea. "Ce n'est pas pour alléger notre tâche, disait Martí, mais parce qu'ils ne veulent pas qu'on fouille dans leurs tiroirs. A savoir ce qu'ils y ont mis."

Mais, au moment des repas, les intrus ne se levaient pas de table, même pas pour aller chercher les plats ou les récipients les plus lourds.

Après avoir nettoyé et rangé la cuisine, les Martí posaient leurs assiettes sur un plateau et, enfermés dans leur chambre, essayaient d'oublier les ennemis en bavardant, en évoquant de façon obsessionnelle les prochaines fêtes avec Rafael, Martha et leurs enfants.

Pour se donner du baume au cœur, ils souriaient en disant que leur chambre était un bunker, que, cloîtrés à l'intérieur, ils pourraient tenir plusieurs mois et qu'ils avaient ce qu'il fallait, elle ses tricots et lui ses pipes et ses livres, dont il relisait certains pour la troisième ou quatrième fois.

La pipe du soir que, jusqu'à l'arrivée des ennemis, Martí fumait dans la salle de séjour sans s'intéresser aux images de la télévision, images qui, malgré tout, contribuaient au doux et agréable assoupissement qui les mènerait au lit, cette pipe du soir était la même dans la chambre qu'à la salle à manger, affirmait Martí, la chaleur du fourneau dans le creux de sa main était identique, ainsi que l'odeur de la fumée, c'étaient les mêmes délicieuses sensations ; "il n'y a rien à regretter", répétait-il en essayant de se convaincre ou, du moins, de convaincre sa femme.

Quand la nuit était tombée, il n'y avait plus que la faible lueur de la petite lampe à gaz que les ennemis leur avaient laissée.

Bien décidés à économiser le gas-oil pour retarder la venue du camion qui leur livrait régulièrement du combustible, ils éteignaient le groupe électrogène de plus en plus tôt dans la soirée, avant même le dîner, qui cédait alors la place au scintillement de bougies fichées dans des candélabres.

Si bien que, privé de lectures, Martí attendait le sommeil assis sur le lit en fumant lentement sa pipe et en faisant traîner la conversation avec Isabel pour oublier son irritation et l'obscurité qui leur était imposée et, surtout, pour ne pas penser aux ennemis.

Isabel devait repriser les vêtements de ces gens. Quand elle annonça que sa vue ne lui permettait plus de coudre pour éviter tout contact avec l'intimité des ennemis, Dorotea la prit par le bras et lui rappela d'un ton sévère que l'année précédente, alors que, elle, Dorotea, travaillait comme un bourricot pour nettoyer la maison, Isabel passait son temps à tricoter ou à coudre dans la salle de séjour.

— Aussi, inutile de faire la mijaurée, lui dit-elle. Et elle lui tendit une jupe dont la doublure s'était décousue et un caleçon de Javier.

Ils essayèrent, avec aussi peu de succès, de résister à l'ordre que leur avaient donné les ennemis de laver leurs vêtements. Il n'y en avait pas beaucoup et la vieille machine à laver de la maison faisait l'affaire mais ils répugnaient à toucher ces chiffons étrangers et sales.

— C'est le comble, lavez vous-mêmes votre crasse ! s'écria Martí en jetant vers Dorotea le paquet de vêtements qu'elle lui avait mis dans les mains et dans lequel il était difficile de ne pas voir des sous-vêtements usés et négligés. Nous n'allons pas toucher ces horreurs, ma femme et moi !

La réponse de Dorotea fusa instantanément ; elle jeta à son tour violemment le paquet contre la poitrine de Martí tout en criant :

— Pour qui vous vous prenez ! Vous vous souvenez du temps où je devais laver les auréoles marron de vos caleçons et, en plus, à la main parce que la machine à laver était cassée, et qu'est-ce que vous croyez ? que ça ne me dégoûtait pas ? que, parce que j'étais la bonne, j'aimais ça, nettoyer vos petits morceaux de merde et les taches que faisait votre femme sur ses culottes ? Elle eut, un instant, l'air de recouvrer son calme, puis revint durement à la charge : Maintenant, c'est votre tour, donc si vous ne lavez pas, vous ne mangez pas, même sort pour tous les domestiques.

Un soir où il servait le repas en posant devant les ennemis les assiettes pleines et en versant dans leurs verres l'eau et le vin selon leurs exigences tandis que sa pensée se réfugiait de façon obsessionnelle dans les phrases qu'il mettrait dans sa lettre à Rafael, Martí ne supporta pas l'exclamation moqueuse de Dorotea. "Jamais je n'aurais cru, Pablo, que vous feriez un aussi bon domestique !" Il jeta par terre, à côté d'elle, le plat de légumes qu'il s'apprêtait à servir et refusa de nettoyer le sol, sourd aux ordres exaspérés des ennemis.

Mais les jours de jeûne qu'ils durent subir et la faiblesse alarmante d'Isabel le dissuadèrent de recommencer.

Puis il découvrit qu'au moment de servir les repas les tables de multiplication étaient plus utiles que les souvenirs auxquels il recourait d'ordinaire pour s'abstraire. La froideur des chiffres, leur intangibilité, étrangères aux vicissitudes et aux passions, lui donnaient cette force.

Il entrait dans la salle à manger en ânonnant "deux fois deux quatre, deux fois trois six", et il finissait de servir sans avoir interrompu un seul instant cet exercice. Il sentait que, même s'ils l'ignoraient et continuaient avec leurs saillies vexantes, autoritaires ou tranchantes, c'était lui, du haut de sa liberté, qui se moquait.

Il rit plus d'une fois quand il se rendit compte que, alors qu'il était loin d'eux, seul avec Isabel, il répétait encore "huit fois sept cinquante-six, huit fois huit soixante-quatre".

Quoi qu'il en soit, il avait du mal à devoir attendre dans la cuisine le carillonnement de la clochette de bronze, si chaud lorsqu'ils étaient en ville quand ils appelaient de la salle à manger la douce Manuela, qu'ils aimaient et dont ils avaient gardé d'excellents souvenirs, et si insolent maintenant, exigeant de lui qu'il retire les assiettes sales et apporte le dessert et les tasses à café ; elle retentissait aussi pour demander un peu plus de pain ou de vin.

Parfois, quand il apportait des fruits ou un dessert, Javier, condescendant – autre façon d'exprimer également son autorité –, disait : "Ça va comme ça, Pablo, allez vous reposer si vous voulez, nous servirons nous-mêmes le café." Chose qui n'arrivait que lorsqu'il remarquait chez le vieil homme une trop vive irritation ou une trop grande amertume.

Un soir, Javier dit, un sourire sincère aux lèvres, que, lorsque Isabel et lui auraient fini leur travail à la cuisine, ils pourraient rester avec eux dans la salle de séjour pour regarder la télévision.

Sofía appuya avec enthousiasme la proposition de son mari :

— Ce soir on donne un film français, il a l'air gratiné, j'ai vu la présentation, ils tirent sans arrêt des coups. Comme chacun sait, les Français passent leur vie à baiser.

Dorotea la coupa. S'adressant à Martí, elle dit :

— Je n'y vois pas d'inconvénient, vous aussi, vous me laissiez regarder la télévision quand je faisais la bonne, une fois le ménage terminé, bien sûr.

Martí écouta la proposition qui lui fit l'effet d'une nouvelle humiliation. Il s'imagina assis à côté des ennemis devant l'écran du poste de télévision comme s'ils faisaient tous partie de la même famille, comme si l'outrage qu'ils subissaient devenait, tout à coup, sans importance ; il se vit en train d'écouter leurs mots tranchants, leur ironie larvée, leur ton de patrons et comprit qu'une phrase de plus de cet homme lui ferait jeter le plateau sur eux sans se soucier des conséquences.

Mais il comprit aussi, peut-être à cause de leurs phrases, qu'il était absurde de les laisser se divertir devant la télévision ; privés d'elle, l'ennui leur ferait précipiter leur départ.

Il devait détruire l'appareil ou le rendre inutilisable.

Il réfléchit durant des heures et des heures à la façon d'y parvenir en faisant passer la chose pour un accident ; il craignait les représailles, de nouveaux jeûnes qui mettraient la santé d'Isabel en péril. Il ne pouvait pas en extraire une pièce et la cacher ; ils l'obligeraient à la rendre. Il imagina un faux pas et la chute du poste ; mais ils ne seraient pas dupes non plus.

Il se souvint d'un film américain dans lequel quelqu'un utilisait avec succès un petit explosif à usage domestique qui ne laissait pas de traces.

Les Américains, pensa-t-il, avec leurs cerveaux d'enfants, acceptent tout, y compris les absurdités qu'on voit dans leurs films. Toutefois, il n'avait pas l'intention d'utiliser un explosif, mais uniquement de détruire l'appareil ; et ce procédé lui serait utile.

Il trouva, au fond d'une armoire, le flacon d'acide chlorhydrique dont il se servait pour bricoler ; il avait plus d'une fois constaté qu'il dissolvait des morceaux de cuir.

Au déjeuner, tandis que les ennemis fêtaient par des rires le bon mot ou l'histoire de l'un d'eux, Martí sortit dans le jardin par la porte de service, contourna la maison, entra par la porte principale sans se laisser voir de la salle à manger, remonta le vestibule sans faire de bruit et, dans la salle de séjour, maniant à toute vitesse le tournevis, comme il l'avait déjà fait avec de petits gonds et des vis semblables, il retira la plaque de plastique qui fermait la partie postérieure de la boîte du téléviseur, glissa le compte-gouttes et laissa tomber de l'acide sur les extrémités de certains câbles.

Il retourna à la cuisine au moment où la clochette de bronze l'appelait pour ramasser les assiettes et apporter le dessert.

Il entra dans la salle à manger en rabâchant la table de multiplication, non pas comme les autres fois pour s'abstraire de l'humiliation, mais pour éviter qu'un sourire d'enthousiasme n'apparaisse sur son visage.

Hasard que Martí trouva fâcheux, les femmes, ce jour-là, ne s'assirent pas dans la salle de séjour pour regarder le premier feuilleton de l'après-midi. Dorotea avait des crampes à l'estomac et Sofía, par un caprice subit, ou peut-être parce que son intérêt baissait si elle ne pouvait assister au spectacle avec sa belle-sœur, alla au poulailler ramasser les œufs pour qu'Isabel leur prépare un petit biscuit.

Inquiet, Martí fit des aller et retour dans le vestibule pour observer ce qui se passait dans la salle de séjour. Mais il n'y avait que Javier qui sommeillait dans son fauteuil.

Les femmes finirent enfin par s'asseoir devant le poste de télévision. Sofía l'alluma juste au moment où Dorotea, une cigarette aux lèvres, grattait une allumette contre la tranche rugueuse de la boîte ; les bruits se confondirent, un *fff* bref, sec, qui se tut immédiatement ; dans le téléviseur se produisit une explosion qui, quoique légère, suffit à effrayer Javier qui reprit ses esprits en s'écriant : "Qu'est-ce qui se passe ? Qu'est-ce qui se passe ?" alors que l'écran était déjà définitivement noir.

De la cuisine, Martí entendit l'explosion et la voix étonnée de Javier, et ne put s'empêcher de pousser un cri d'enthousiasme. Il s'agissait, d'une certaine manière, de son premier succès sur les ennemis. Les triomphes ont beau n'être pas grand-chose, la victoire finale a beau être loin, un petit pas en avant, pensa-t-il, est une façon de ne pas reculer ; de plus, elle montre que l'ennemi est vulnérable.

Javier dévissa la plaque de plastique du poste, prit et sentit l'extrémité brûlée des câbles, passa le bout de ses doigts sur la surface rugueuse qui n'avait plus la même texture et sur laquelle avaient été versées les gouttes d'acide, et l'expression de son visage changea.

Ce soir-là, les Martí trouvèrent la porte de leur chambre fermée à clé.

— Ne t'en fais pas, murmura Martí en voyant qu'Isabel, bouleversée, vacillait sur ses jambes et, furieux, il se dirigea vers la salle à manger où les ennemis s'attardaient à table après le repas.

Incapable, étant donné son caractère, de diplomatie ou de prudence, il les accusa :

— Vous avez fermé notre chambre à clé !

— Ne nous cassez pas les pieds, Pablo, répondit Dorotea sans le regarder.

— Qu'est-ce que voulez encore, bordel ! s'écria Martí.

Javier rétorqua sévèrement :

— Ne soyez pas insolent. Sortez !

— Pas avant que vous m'ayez rendu la clé de la chambre, bordel !

Le froid regard de Javier lui fit peur, mais il essaya de faire bonne contenance.

Sofía, sans agressivité, cherchant peut-être à détendre l'atmosphère, mais aussi avec un brin d'ironie, dit :

— Celui qui fait des polissonneries reçoit un gage. Elle prit deux câbles brûlés qui étaient à un bout de la table, les mit devant les yeux de Martí et, tendant un bras comme s'il s'agissait d'un jeu d'enfants, ordonna : Au coin !

Vainement et opiniâtrement, sans que l'énergie et la fureur qu'il y avait dans sa voix s'atténuent, Martí cria :

— Rendez-moi tout de suite la clé de notre chambre !

Javier se leva tout en disant :

— Votre chambre est ouverte. Il sortit aussitôt de la salle à manger, suivi de Martí.

Sans s'arrêter pour répondre à ses phrases de protestation, “Ne dites pas de sottises, elle est fermée et c'est vous qui avez la clé”, et, juste après, “Où allez-vous ? ma chambre est de l'autre côté”, Javier remonta le vestibule et se dirigea par le corridor vers les chambres du fond.

Ils entrèrent dans la petite chambre que Javier et Sofía occupaient depuis leur arrivée. La lumière, en s'allumant, éclaira, éparpillés sur les lits, les objets personnels, les vêtements et les accessoires qui étaient dans la chambre de Pablo et d'Isabel ; dans un coin, il y avait les produits de beauté, le rasoir, les petits pots et les flacons rapportés de la salle de bains.

Sans que les protestations et les menaces proférées dans son dos aient l'air de le déranger, Javier Ramírez retourna calmement dans la salle à manger et dit à voix haute sans se retourner :

— Annoncez ce changement à Isabel pour qu'elle ne poireaute pas devant notre chambre.

Quelque chose avait perturbé les dernières semaines. Un dimanche, après la messe, alors qu'il sortait de l'église, Bermúdez remarqua que ses amis, qui étaient devant le porche, interrompaient leur conversation, puis le ton faux et forcé de leurs phrases – ils parlaient tous en même temps – quand il s'approcha. Il se passa également quelque chose d'inexplicable quand un midi, au bistrot, il se dirigea vers la table où se disputait une partie de *truco* ardue et, entre les cris de défi et les hurlements superflus des joueurs, entendit, sans comprendre, l'un d'eux s'écrier : "L'oie était en train de miser, comme a dit le représentant", tout en posant le baste sur les autres cartes ; il sourit aussitôt, comme les autres habitués qui l'observaient, ce qui se passe toujours autour des tables de *truco* quand tous les gens fêtent les phrases des joueurs même s'ils ne les comprennent pas tant elles sont parfois subtiles.

Il finit par comprendre ce qui se passait quand la petite vieille qui habitait une très modeste ferme des alentours du village et qu'il aidait à remplir son sac, geste de compassion dont la femme le remerciait en apportant au magasin un bouquet de fleurs qu'elle coupait en chemin ou quelque objet bizarre qu'elle trouvait dans les champs, un vieux fer à cheval, un éperon, une pièce de monnaie tombée de la boucle de la ceinture d'un gaucho, lui dit en le regardant tristement :

— Vous êtes un homme si bon, don Remigio, vous ne méritez pas ce malheur. Tandis qu'il l'observait, surpris, sans répondre, la petite vieille ajouta : Mais ne vous en prenez pas à Delmita, c'est une brave fille, le coupable, c'est le garçon, ces garçons d'ailleurs sont comme ça, ils font du mal et repartent.

Abasourdi, assommé par la révélation, il entra dans sa maison qui semblait vide, tant elle était silencieuse et obscure, chercha une chaise et essaya de remettre ses idées en place, d'expliquer le malentendu, ce qu'une telle nouvelle signifiait vraiment.

Il rassembla ses forces et cria :

— Delma !

Il ne put pas dire Delmita.

Immédiatement, comme si en quelque endroit lointain elle avait attendu ce cri, Delmita ouvrit prudemment la porte et s'approcha de son père. C'était une autre enfant, elle avait perdu son allégresse habituelle.

Bermúdez demanda peureusement :

— C'est vrai ?

— Oui, dit la fille en regardant le sol.

Bermúdez ne savait pas s'il proférerait un juron ou si la fureur le ferait pleurer. Ce fut un très long moment. Puis il se contenta de demander :

— Qui c'est ?

Il dut répéter sa question.

A voix basse, sans le regarder, la fille répondit :

— Marcelo. Il y avait de la tendresse dans son ton quand elle répéta son nom et également quand elle expliqua : Le garçon qui est venu vendre des calculatrices, il est resté quelque temps à l'hôtel. Et comme si elle justifiait ainsi sa voix émue, elle ajouta : Ce grand blond qui rit toujours, tu l'as connu, il est venu quelquefois au magasin.

Aveuglé par la rage, Bermúdez ne put que répondre :

— Où est-il ?

— A la capitale, il habite là-bas, mais il m'a dit qu'il allait revenir.

En pleine confusion de sentiments, Bermúdez se dit qu'il irait le chercher, peut-être pour le frapper et venger l'affront qui ternissait soudain sa vie, ou alors l'obliger à revenir auprès de sa fille. Il dit d'un ton qui ne souffrait pas de réplique :

— Donne-moi son adresse.

— Je ne l'ai pas, il m'a dit qu'il allait bientôt déménager, qu'il m'écrirait pour me donner la nouvelle.

— Il t'a écrit ?

— Non.

— Il t'a téléphoné ?

— Non.

Bermúdez observa la blouse large et, dessous, la forme qui pointait, et sentit qu'il perdait le contrôle de ses mains. Il aurait giflé ces joues rondes d'enfant, d'une intolérable naïveté, et il l'aurait traitée d'idiote. Il s'imagina en train de dire sévèrement : "Le pire pour un père, c'est de ne plus avoir confiance en sa fille." Puis il regarda les yeux rougis et la bouche qui commençait à se contracter pour retenir les pleurs, et il n'eut que la force de demander d'une voix éteinte :

— Et maintenant qu'est-ce qu'on va faire ?

Le bonheur est si fragile ; ce sont des bribes de vie, de toutes petites choses, des détails infimes qui, au fil des années, lui donnent le jour et lui permettent de perdurer, et on le croit irréversible, rond et parfait, telle une boule de fer ; et, soudain, ce n'est plus un poids prenant appui sur le temps, mais juste un moment, une saute de vent que personne n'attend et qui montre que cet objet rond et parfait qui devait régner en maître sur la vie n'est qu'une bulle, un ballon, une substance légère et fragile qui se défait dès qu'on la touche.

Pour cet homme, qui croyait que sa maison était de pierre, commença une époque de honte et de désarroi. Sa femme dut le remplacer au magasin : il n'aurait pas supporté les regards des clients, qu'il imaginait moqueurs. Il cessa d'aller au bistrot ; à l'heure de l'apéritif, il s'enfermait pour ruminer son amertume.

Il songea à envoyer Delmita pour quelques mois chez sa cousine, une fille généreuse et joyeuse du temps où ils partageaient encore leurs jeux et leurs projets, maintenant confinée, selon ses lettres, “dans le village le plus triste du Sud” ; mais il n'eut pas la force d'imaginer Delmita derrière une fenêtre, contemplant interminablement les rues battues par le vent que sa cousine décrivait. De plus, sa femme qui, depuis le début du drame, s'était enfermée dans un silence résigné et qui était plus affligée par le malheur de sa fille que par la honte ou les commentaires des autres, dit que si Delmita devait aller dans le Sud, affronter un exil si triste, si solitaire et si froid, elle l'accompagnerait et elles reviendraient ensemble avec l'enfant.

Bermúdez songea à déménager, à vendre l'entrepôt et à quitter San Francisco avec toute sa famille. Mais pour aller où ? Pour quoi faire ? Comment s'habituer à perdre à jamais les coins, les habitudes qui faisaient sa vie ?

Il décida de se chercher un refuge, de passer quelques heures qui seraient une sorte de baume, chez les Martí ; il arriverait un beau matin sous un prétexte quelconque et bavarderait avec ses seuls amis qui ignoraient encore que Delmita allait avoir un enfant.

Il prendrait conseil auprès de cet homme âgé et intelligent. Dans la ville d'où il venait, il avait dû avoir eu vent de cas semblables ; il comprendrait son angoisse et trouverait les mots justes. Il ne voyait pas du tout ce que pourrait lui dire don Martí, ou toute autre personne, pour apaiser ses souffrances. Ni lui ni Delmita ni sa femme n'accepteraient un avortement. Mais peut-être y avait-il une autre manière d'affronter les événements, avec lucidité et courage. Il avait besoin de bons conseils et d'encouragements. Il ferait cette visite.

Il songea aussi à ouvrir son cœur à don Salustiano ; sa bonté et sa sagesse lui seraient peut-être d'une aide précieuse.

La vague lumière de la nuit éclaira la grosse tache grise qui surgissait du trou d'un arbre et humait sévèrement l'air, prévoyant peut-être des odeurs hostiles ; elle la montra ensuite en train de se faufiler entre des arbustes et des plantes situés près de la maison. Ensuite, la lune, soudain découverte, baigna de lumière blanche le corps de petit tigre qui franchissait la moustiquaire par l'orifice percé par lui-même dans la trame de fils de fer quand il était encore tout petit ; puis les ombres de la maison l'engloutirent.

Une personne non prévenue ou distraite n'aurait pas remarqué ses caresses feutrées sur les carreaux qui le menaient à la chambre à coucher de ses maîtres. Dans la pénombre du corridor, seules les étroites petites flammes jaunes qui guidaient ce corps se frayant un passage dans l'obscurité bougeaient.

Pour manifester son hostilité, il aurait bien miaulé et grogné en passant devant la chambre de la femme qui, un soir, lui avait donné un coup de pied et essayait de le frapper chaque fois qu'ils tombaient l'un sur l'autre ; il sentit la haine monter en lui mais l'amour qu'il éprouvait pour ses maîtres et son désir de les retrouver firent qu'il se retint et il continua à marcher silencieusement dans la maison.

Quand il s'approcha de la chambre de ses maîtres, il perçut l'odeur du tapis sur lequel il dormait avant d'avoir dû se cacher pour ne pas tomber sur la femme haïe.

Le tapis était derrière la porte entrouverte, l'attendant comme toujours dans son coin.

Cependant, quand il frotta ses pattes sur le rectangle de fibres végétales et synthétiques usé et bien-aimé, il sentit d'autres odeurs, inconnues et inhabituelles.

Il huma l'air de la pièce en levant son museau vers le lit qui, à quelques mètres de lui, formait une ombre massive dans l'obscurité de la chambre et fut, à cet instant, ébranlé par quelque chose d'inattendu : ce n'étaient pas les odeurs des maîtres.

Il alla jusqu'au fauteuil qui était près de la fenêtre, chercha la pelote de laine enivrante, dont il se régalait sur le giron de sa maîtresse par ces soirs lents et heureux quand elle chantonnait ou disait Dieu sait quoi tout en remuant tout près de lui deux bâtonnets longs et minces d'où tombaient des morceaux de laine tricotée.

En s'approchant de ce fauteuil, il perçut une odeur plus froide que celle de la laine ; elle faisait penser à des matières dures. A la place de la pelote, éparpillés par terre, il y avait les magazines au papier glacé, pleins de photos et de couleurs, qui avaient toujours été, dans la salle de séjour, sur la table basse à côté du poste de télévision.

Dans ce coin, il ne restait qu'un arrière-goût de fragrances aimées et familières, un effluve des soies épaisses de la brosse avec laquelle sa maîtresse se peignait et dans laquelle il retrouvait toujours l'âcreté de ses cheveux et l'intimité de son parfum ; il n'y avait plus l'enivrante odeur du tabac que le patron fumait, autrefois, dans la salle de séjour et, après l'arrivée de la femme haïe, dans cette chambre à coucher.

Il s'approcha du lit, le grand lit qui occupait le centre de la pièce et où il avait joui, tant de fois, des dernières caresses de sa maîtresse avant de s'endormir.

Il y avait là deux silhouettes, mais elles avaient une autre odeur et respiraient de façon plus agitée que ses maîtres.

Poussé uniquement par la force de l'instinct, il sauta et tomba sans faire de bruit entre l'homme et la femme endormis. Il observa les monticules formés par leurs corps sous le dessus-de-lit et remarqua que quelque chose qui se passait derrière leurs yeux clos semblait, par moments, les faire tressaillir. Il sentit son sang ne faire qu'un tour, un goût acide monter dans sa gorge : l'absence de ses maîtres et la présence de ces silhouettes différentes mettaient ses sens en émoi. La sagesse de l'instinct lui fit comprendre, au même instant, ce que ce couple représentait : hostilité et danger.

Il se mit à marcher vers ces visages endormis qui lui étaient si désagréables, hésitant à frôler la molle surface qui faisait des plis sous son corps et montra ses griffes et une denture solide et parfaite.

Il s'approcha du visage de la femme. A l'odeur aigre de sa transpiration, qu'il avait déjà perçue en s'approchant du lit, s'ajoutait une puanteur écœurante provenant sûrement de la crème qu'elle se mettait sur le visage. Face à cet absurde dessin, fait de franges blanches, il ne put s'empêcher de feuler, de pousser un soupir profond et bruyant de dégoût.

Son souffle arriva jusqu'aux joues de la femme qui ouvrit les yeux en sursautant. Tout près d'elle, d'étroites petites flammes jaunes la regardaient avec haine.

La femme, atterrée, cria.

Le chat donna un coup de griffe qui essaya d'atteindre son visage, un énorme trou noir, une bouche béante paralysée par la frayeur, un rond de chair transformé par le cri, mais il dut s'éloigner pour éviter le coup de l'homme qui gisait à côté de la femme. Il sauta hors du lit et, avant de se diriger vers la porte, s'arrêta pour les observer.

Il ne s'enfuit pas quand l'homme lui jeta dessus un magazine et la pantoufle qu'il ramassa rapidement par terre. Les sensations, dont son humeur était faite – le bien-être perdu de cette pièce, sa haine et son amour instinctifs –, l'arrêtèrent un moment et lui firent pousser des miaulements à la fois plaintifs et énergiques, par lesquels il exigeait peut-être que ces intrus quittent le lit de ses maîtres.

Il ne se pressa pas non plus quand l'homme commença à se redresser en hurlant sa colère. Sans se retourner, il marcha jusqu'à la porte et s'enfonça dans l'ombre du corridor.

Ils rangèrent les vêtements les plus usés dans l'étroite penderie de la pièce et enveloppèrent le reste dans du papier et des housses ; puis ils empilèrent les paquets sur la seule chaise qu'il y avait et dans les coins.

Martí dit en plaisantant qu'ils avaient toujours eu trop de vêtements, qu'ils s'en débarrassaient enfin et il rappela son vieux désir inavoué de n'avoir qu'un seul pantalon et une seule chemise et de ne jamais les enlever, même pas pour dormir.

— J'ai toujours rêvé d'être mendiant, dit-il. Mais sa voix et son sourire sonnaient faux.

Le manque d'espace et la faible lumière qui éclairait la pièce rendaient le lieu sinistre. Mais Isabel décida de ne pas perdre ce courage qui lui avait donné des forces et permis de prendre ses distances ces dernières semaines. Elle prit son mari par la main et, d'une voix paisible, se lança dans une longue énumération :

— Nous avons des matelas moelleux dans les lits, nous avons un cabinet de toilette qui, quoique petit, nous suffit, nous ne nous sommes jamais douchés ensemble mais nous sommes désormais assez grands pour commencer à le faire, nous avons une fenêtre et, de la fenêtre, nous voyons les vaches et le cheval de Rafael, et, si nous regardons sur le côté, nous avons les poules, et nous avons nous.

Elle se tourna vers lui et essaya de sourire en prononçant ces derniers mots. Il lui sembla qu'un éclat trop vif brillait dans les yeux las qu'elle regardait. Elle dit alors : "De la force, mon vieux !" et se blottit contre sa poitrine.

Isabel eut tout à coup, alors qu'elle ne s'y attendait pas du tout, la nostalgie d'un autre temps, de douces compagnies, Pablo plein de vigueur et absorbé par son travail, Rafael, un enfant espiègle, et, au milieu d'eux, Manuela, se souciant de leur bien-être.

Manuela n'était ni une bonne ni une femme confinée à la cuisine mais un général en exercice, une armée intelligente s'activant sur le champ de bataille.

Ce furent des années heureuses ; dans ses souvenirs, les plus belles passées en ville.

Rafael, leur seul neveu, devenu orphelin alors qu'il n'avait que deux mois, emplissait la maison de joie. Pablo menait la vie trépidante d'un homme d'affaires, faisant l'expérience de l'incertitude et des risques qui vont avec et, surtout, du manque de loyauté de certains de ses confrères auxquels il n'avait jamais pu s'habituer ; les contrariétés multipliaient dans ses jambes et dans son dos les souffrances aiguës provoquées par son rhumatisme ; mais, en famille, il devenait un autre homme, "c'est pour ce refuge que je survis", affirmait-il dans les moments les plus difficiles. Quant à elle, elle gérait la maison et jouissait tranquillement et affectueusement de ces présences. Mais ce bonheur, cette harmonie délicate et complexe, reposait sur Manuela.

A l'époque des couches, Manuela baignait tous les jours Rafael et lui mettait de petites blouses parfumées afin qu'après ils profitent des taquineries du bébé et de son sommeil paisible ; les nuits où il avait de la fièvre, elle les passait à son chevet, exigeant qu'ils se recouchent ; quand vint le temps de l'école, elle réveilla tous les matins "son garçon", avec une tasse de café au lait fumante, des toasts et les confitures faites à la maison qu'il préférait. Quand Isabel se levait, la maison était déjà une grotte pleine d'attraits, fraîche, maintenue dans la pénombre pour que le soleil du matin n'abîme pas les meubles, fleurant la cire et le savon ; la cuisine, où Isabel faisait une apparition pour demander le petit déjeuner, se résumait alors au sourire et au bonjour joyeux de Manuela. Telles des promesses, des odeurs alléchantes montaient des marmites.

Les après-midi étaient sereins et se ressemblaient tous. Isabel quittait rarement la maison pour retrouver des amies ou aller faire des courses dans les boutiques du centre-ville ; elle préférait attendre le retour de Rafael pour l'aider à faire ses devoirs. Tandis que Manuela, diligente et silencieuse, préparait la soirée. Quand, un peu avant le dîner, Pablo arrivait, il était attendu par sa pipe et son tabac posés à côté du portemanteau, ses pantoufles, un verre et la bouteille de whisky sur la table basse près du fauteuil où il lisait, parfois en piquant du nez, le journal du soir. Puis venait le repas, les merveilleux plats que Manuela leur cuisinait.

Quand il y avait des invités, Manuela restait dans la cuisine, même quand tout le monde s'était déjà levé de table, attentive aux directives d'Isabel ; elle passait et repassait sans se faire remarquer devant les fauteuils de la salle de séjour proposant des liqueurs ou un peu plus de café, et elle ne montait pas dans sa chambre avant que le dernier invité ait quitté la maison.

Et le dimanche, si on disait devant elle qu'un parent ou un ami viendrait en visite, Manuela annonçait qu'elle préférait ne pas sortir mais écouter la radio dans sa chambre, sa petite chambre au fond de la maison, et qu'elle préparerait des sablés ou un petit biscuit pour le thé et également le dîner si les visiteurs restaient.

Tout cela dura des années jusqu'à ce que Rafael prenne son indépendance juste avant d'épouser Martha. La maison devenue trop vaste, les Martí s'installèrent dans un appartement sans chambre de bonne.

Manuela, trop âgée pour continuer à travailler, du moins pour recommencer à le faire dans une nouvelle maison, partit vivre dans un quartier éloigné avec une nièce qui lui proposa, sans contrepartie, une chambre exiguë mais suffisante puisqu'elle pouvait contenir son lit et ses souvenirs.

Elle traversait, de temps à autre, la ville, pour rendre visite aux Martí, un bouquet de fleurs à la main, dans l'espoir de revoir son garçon.

Isabel, qui avait dit "De la force, mon vieux !" tout en se blottissant contre la poitrine de son mari, ne comprit pas pourquoi ces souvenirs, le personnage évanescent et oublié de Manuela, les scènes qu'elle adorait et qui représentaient sa vie, la faisaient maintenant souffrir ; ce n'était plus seulement de la nostalgie, le simple souvenir de cette époque douce et sans complications mais un vague doute qu'elle n'avait encore jamais connu et qui, tout à coup, la perturbait, comme s'il y avait une contradiction entre ces émotions du passé et le sentiment d'injustice et d'humiliation qui les tenaillait.

Remigio Bermúdez sentit que ces pleurs emplissaient l'univers.

Durant ces jours de solitude délibérée, ayant renoncé à ses habitudes, à ses retrouvailles avec ses amis, aux conversations à l'entrepôt ou au bistrot, en fin d'après-midi, il recherchait le soulagement de la campagne. Le village était si petit qu'il suffisait de franchir quelques pâtés de maisons pour se retrouver à l'entrée du bourg, et il s'y attardait, loin des gens, n'écoutant que la brise, le chant sec des cigales, la rumeur des grenouilles, des mugissements lointains et solitaires et enfin le dernier chant des oiseaux avant la tombée de la nuit.

Telle était la paix dont avait besoin son cœur troublé.

Et c'est dans cette immensité réparatrice que Remigio Bermúdez entendit les sanglots et sentit qu'ils emplissaient l'univers.

De dos, contre le tronc d'un pin, la petite blouse blanche tressaillait au rythme de la voix d'enfant qui pleurait ; tout près, jetée dans l'herbe, il y avait la bicyclette de Delmita.

En l'embrassant et en lui demandant désespérément de ne pas pleurer, il voulut lui dire, mais il ne trouva pas les mots, qu'elle était toujours sa petite fille, tout comme avant, identique, que son amour était encore plus grand, qu'ils avaient tous les deux besoin de renouer avec les baisers du soir, les mots tendres et les câlineries après le dîner, quand tout le monde dans la maison s'était déjà couché, il voulut lui dire combien il regrettait ce temps et, sentiment nouveau et inattendu, affirmer que tout redeviendrait comme avant, mais il ne sut ni n'eut à faire le premier pas parce que dans les derniers sanglots de sa fille apparurent (suggérés, mais il n'en fallait pas plus) le sourire amoureux, le regard soulagé, l'expression à nulle autre pareille du retour, comme si l'étreinte de son père l'avait transformée.

Et un dimanche, le village les vit arriver ensemble à l'église, elle agrippée au bras de son père, sa mère de l'autre côté, et lui, surveillant son pas, attentif aux moments où l'on s'agenouille pour qu'elle ne fasse pas trop d'efforts. Personne ne prit pour des moqueries les éructations et les fous rires de l'idiot qui, de temps à autre, emplissaient le temple. Et, plus tard, tout le monde les vit sortir de l'église serrés comme à leur arrivée, saluant leurs amis, bavardant avec eux, naturels, avec le calme de ceux qui n'ont nulle infamie à dissimuler.

Ce matin-là, les villageois comprirent que la grossesse de Delmita n'était plus un sujet à se mettre sous la dent, qu'il n'avait plus aucune saveur, qu'il avait perdu son goût de secret et de péché.

Maintenant, le seul souci de Remigio Bermúdez et de sa femme était que leur petit-enfant voie le jour dans les meilleures conditions. Après de longues heures de conversation, ils décidèrent de se passer des connaissances douteuses du médecin qui s'était installé au village après avoir pris sa retraite en ville et de l'art de la vieille sage-femme qui, au fil des années, avait aidé pratiquement tous les villageois à naître, et donc de ne pas faire comme l'aurait souhaité don Salustiano. Ce serait un médecin de la capitale, il naîtrait dans une bonne maternité ; c'est à cela que serviraient les économies accumulées dans l'entrepôt.

Mais ils ne connaissaient personne à la capitale, où ils n'étaient allés qu'une seule fois, en voyage de noces, et en étaient aussitôt repartis épouvantés plus par le comportement des gens que par le bruit et la fumée des rues. Tant et si bien qu'ils songèrent au neveu de don Martí ; il n'était pas médecin, mais il travaillait dans une banque, c'était donc quelqu'un d'important, qui avait sûrement des relations.

Quand la grossesse de Delmita serait avancée, ils iraient ensemble chez les Martí, non pour se faire consoler ou prendre conseil comme Bermúdez l'avait, à un moment donné, envisagé, mais uniquement pour leur demander les coordonnées de leur neveu et l'autorisation de lui écrire et d'aller le voir.

A partir du moment où ils durent quitter leur chambre, la vie devint plus difficile pour les Martí : leur intimité n'avait plus d'endroit où se réfugier.

Les ennemis leur rappelaient régulièrement que, les tâches domestiques terminées, ils pouvaient s'asseoir avec eux dans la salle de séjour pour regarder la télévision. Javier avait réparé l'appareil.

— Ça ne nous dérangerait pas du tout que vous vous asseyiez avec nous, disait Sofía, et Isabel prétendait que ses mots n'avaient rien d'ironique. Même s'il lui arrivait parfois d'ajouter en souriant : Je sais que Pablo ne va plus faire le malin avec les câbles.

Mais, comme toujours, Dorotea assenait la phrase qui mortifiait :

— Maintenant que vous devez jouer des coudes dans la chambre du fond, ça vous ferait du bien de vous aérer avec la télé. A moins que vous n'aimiez rester serrés comme des sardines !

Quand le mauvais temps ou la fatigue, ou plutôt l'abattement, les empêchaient d'aller se promener dans le jardin, l'après-midi, ils passaient des heures et des heures à demi couchés sur leur lit, lui essayant de se concentrer sur son livre, elle sur son tricot ou le spectacle immobile situé au-delà de la fenêtre.

Ils cachèrent un poste de radio avec lequel il leur arrivait de se distraire dans leur éternel ennui. Ils en baissaient soigneusement le volume pour éviter qu'ils ne les découvrent ; ils craignaient de nouvelles représailles des ennemis, surtout de la part de Dorotea qui trouverait un prétexte pour le leur supprimer.

Mais ni les livres ni la radio écoutée en cachette ni leurs conversations, parfois poussives, uniquement destinées à se donner du courage, n'atténuaient leur impression d'être prisonniers. Dans cette cellule, les soirées étaient de plus en plus longues.

Après le dîner, dans la pénombre vaguement éclairée par la flamme de la petite lampe à gaz, privés de lecture et de tricot, Pablo et Isabel attendaient le sommeil rétif en essayant de se distraire avec le murmure de la radio, les yeux interminablement ouverts dans le noir.

Martí renonça à attendre que quelqu'un vienne les délivrer, il ne chercherait plus non plus à écrire une lettre à Rafael, lettre dont Javier ne parlait plus et à laquelle il ne pouvait pas faire allusion car il risquait d'éveiller ses soupçons. Quoi qu'il en soit, il irait jusqu'au village, même si c'était la dernière chose qu'il ferait dans sa vie.

Y aller à pied était impossible : San Francisco était à plusieurs heures de marche ; il risquait d'y perdre la vie, à moins que Javier ne le recueille épuisé à mi-chemin, terrassé par son rhumatisme, pour le ramener à la maison.

Ils avaient non seulement enlevé le distributeur à sa voiture mais aussi fermé avec une barre et un cadenas la remise.

Même si cette idée passait pour de la folie, il décida d'aller au village à cheval, sur le paisible zain de Rafael qui grossissait en broutant au milieu des vaches et qui ne faisait des efforts que lors des rares visites de son maître. Parfois, Rafael le montait l'après-midi et l'animal faisait alors la démonstration de sa sérénité en trottant d'un pas régulier ou en marchant tranquillement, sans ruser ni s'emballer, sachant que sa liberté lui serait vite rendue.

Martí avait monté un cheval deux fois dans sa jeunesse, désormais si lointaine qu'on aurait dit le passé d'un autre homme, mais la vie en ville et, plus tard, les infirmités de l'âge avaient fait qu'il n'avait plus jamais recommencé. Il n'avait jamais monté le zain de Rafael. Ce serait, forcément, pénible.

Pour compliquer les choses, le harnais et les étriers étaient dans la remise. Mais aucun obstacle ne pourrait l'arrêter. Il monterait à cru s'il le fallait, même si après il en avait les os moulus pour toujours.

Si Dieu écoutait ses prières, Il ferait comprendre à l'animal qu'il devait ménager ce vieux qui risquait de défaillir sur lui, vaincu par son rhumatisme, car c'était sa vie et, plus important encore, la vie de sa femme que ce voyage mettait en jeu.

Il en parla avec Isabel, expliqua les difficultés qu'ils allaient devoir affronter, lui parce que le trajet était trop long pour ses forces, elle parce qu'elle allait rester seule à la maison avec les ennemis. Mais Isabel préférait s'exposer à des représailles que continuer à tolérer les ordres et les affronts.

Quand il serait parti, elle s'enfermerait à double tour et tirerait les volets. Elle serait à l'abri ; les ennemis ne pourraient pas entrer. Elle attendrait en priant. Et si Dieu avait pitié d'eux, Pablo reviendrait quelques heures plus tard avec le commissaire ou des amis du village.

Martí s'approcha de Javier et dit du ton froid qu'il prenait pour s'adresser aux intrus :

— J'ai besoin du sécateur pour tailler les rosiers. Apportez-le-moi !

L'ordre, énergique et inattendu, fit l'effet d'un coup de fouet.

Javier chercha les phrases capables de traduire le mieux possible son autorité, mais il ne réussit qu'à répondre :

— Allez le chercher vous-même ! Pour qui vous prenez-vous ?

Sans que le tremblement qui pointait dans sa voix se remarque, et comme si c'était un détail anodin, Martí dit :

— Je ne peux pas. Il est dans la remise et c'est vous qui avez la clé du cadenas.

Javier l'observa un instant ; il n'était guère disposé à arrêter de regarder le film d'aventures qui passait, à ce moment-là, à la télévision ; il sortit une clé de la poche de son pantalon et, la jetant à Martí, dit :

— Allez prendre le sécateur et rapportez-la-moi tout de suite !

Martí sortit de la maison en faisant en sorte qu'on ne remarque pas son empressement.

Ils n'avaient touché à rien, tout était à sa place. Il ouvrit à toute vitesse la fenêtre de derrière et y fit passer le mors et les rênes, ramassa la selle pour l'y glisser aussi mais la fenêtre était étroite ; il courut alors vers la porte pour sortir et posa la selle dans un coin de la remise, caché aux regards des ennemis, mais il dut s'arrêter parce que, au même instant, s'approchait Sofía, probablement envoyée par Javier.

Il prit le sécateur, sortit et, tournant le dos à la femme, ferma le cadenas et se dirigea lentement vers la maison, comme s'il avait la tête ailleurs.

Il passa un moment à tailler les rosiers tout en se rapprochant de la remise ; au moment où il pensa que personne ne l'observait, il se glissa derrière, prit le mors et les rênes qui étaient tombés sur le grillage et qu'on pouvait voir de loin, et les cacha dans un buisson épais.

Il décida de partir à l'aube, quand les ennemis ne seraient pas encore réveillés. Il remplacerait la selle qu'il n'avait pas pu sortir de la remise par la couverture de leur lit qui amortirait les mouvements du cheval et le contact entre leurs corps.

Il marcha entre les vaches en faisant semblant d'observer leur croupe et leurs flancs comme s'il y avait quelque chose qui l'inquiétait ; puis, il s'approcha du zain et, même s'il connaissait mal les animaux, scruta ses pattes pour s'assurer qu'il n'y avait aucune blessure qui l'empêcherait de marcher ; il vérifia aussi s'il avait toujours l'air aussi paisible. Pour éviter les surprises, il examina la barrière qui donnait sur la campagne : elle s'ouvrait facilement.

Dans la soirée, il mit dans un sac deux sandwichs et une bouteille d'eau.

En servant le dîner, il observa, satisfait, les ennemis, les imaginant, quelques heures plus tard, menottes aux mains, tête basse, forcés de se soumettre aux manières rudes des policiers du village. Il connaissait le commissaire, l'avait vu agir avec des délinquants : il pouvait être brutal.

Il se coucha tôt. Il avait besoin des forces que seuls le sommeil et le repos lui donneraient.

Alors qu'ils s'endormaient, ils se dirent bonsoir pleins d'espoir. Isabel, d'une voix ténue et sûre, dit :

— N'aie pas peur. Dieu sera à tes côtés !

Au petit matin, une rumeur sourde et monotone les réveilla. Martí se dirigea vers la fenêtre, ouvrit les volets : il pleuvait à verse, comme si le ciel tenait sa dernière chance de libérer toute son eau. Et comme si c'était trop peu, c'était un terrible orage, coups de tonnerre et éclairs redoublaient.

Isabel, qui somnolait encore, vit devant la fenêtre l'ombre de son mari se découper sur les éclairs et murmura, désolée :

— Tu ne peux pas partir.

— Ne t'en fais pas, dit-il, on n'en est pas à un jour près. J'irai demain.

Il referma les volets, se remit au lit et, dans le noir, dit d'une petite voix :

— Dors, ma chérie. Et il répéta : Ne t'en fais pas, j'irai demain.

Le soir, le ciel était émaillé d'étoiles blanches, comme des pierres indiquant un chemin ; l'air était chaud, un vent léger venu du nord adoucissait l'atmosphère. Isabel et Pablo y virent des signes de bon augure.

Ils laissèrent la persienne ouverte pour que les premiers rayons de soleil les réveillent.

Le jour se leva à six heures. Aussitôt, Martí alla à l'enclos avec ses sandwichs, sa bouteille d'eau, la couverture qu'il ôta du lit et le mors qu'il avait caché dans un buisson près de la remise.

La bienveillance légendaire du cheval – pour Rafael de la stupidité quand il n'arrivait pas à le faire galoper – lui permit de lui mettre le mors auquel les rênes étaient attachées et, sur son dos, pliée en deux, la couverture qu'il fixa avec des ceintures auxquelles étaient suspendus des sortes d'étriers de corde tressée.

Il ouvrit la barrière, caressa le chanfrein du zain pour le mettre, et se mettre, en confiance et, même si c'était idiot, lui demanda de l'aider, le pria de comprendre combien ce voyage était important ; puis, le tirant par la bride, il l'accrocha à la clôture et monta sans difficulté. Il avait le sac de provisions attaché à sa ceinture.

Il fit claquer ses talons et, comme par miracle, le cheval se dirigea vers le chemin.

Les étriers étaient si instables qu'il lui était difficile de garder l'équilibre, mais le pas lent de l'animal l'aidait à rester en selle.

Malgré son rhumatisme et ses brûlures aux cuisses et aux fesses où la peau échauffée commençait à se déchirer, il chanta, heureux de prendre le chemin de la liberté. Sans hausser la voix, par crainte d'effrayer le cheval, il fredonna des chansons comme il le faisait d'habitude à la maison avant l'arrivée des ennemis.

De temps en temps, chaque fois que, passé la première étape, le cheval commençait à lever la tête vers les terres dont il s'éloignait, de plus en plus angoissé, Martí lui parlait, lui disait amicalement que sa femme et lui dépendaient de sa bonne volonté, qu'il ne devait pas se dépêcher, mais pas non plus, par pitié ! s'arrêter.

L'instabilité des étriers et les élancements que les cahots lui donnaient dans les hanches, chaque fois que le cheval ralentissait sa course, l'obligeaient à son corps défendant à lui donner des coups de talon dans les flancs.

Puis l'animal commença à traîner la patte ; il tournait la tête et regardait anxieusement la maison déjà perdue derrière une colline.

Martí coupa alors une branche d'aubépine et essaya de l'exciter en le frappant sur l'échine. Ses coups, sans doute trop faibles, n'avaient pas l'air de traverser le cuir de sa croupe et, au lieu de le faire souffrir et de l'agacer, ils le faisaient juste un petit peu regimber.

Le cheval finit par s'arrêter, insensible aux coups donnés avec la branche et les talons qui provoquaient de douloureux élancements dans le dos et les jambes de Martí. Un cancer, pensa-t-il, ne serait pas plus malvenu, plus grave et plus nocif que les souffrances qui commençaient à faire de lui une masse inerte qui devait forcément se plier aux décisions et aux caprices de l'animal.

Le cheval se mit à rebrousser chemin.

Martí réussit, un instant, à le retenir ; malgré les coups d'épingle qu'il recevait dans les os, il tira sur les rênes, donna des coups de talon, lui parla violemment. L'animal se contenta de tituber. Puis ni les coups ni les cris ni les supplications ne l'arrêtèrent ; lentement, mais sûrement, il refit en sens inverse le chemin de l'aller.

Impuissant, maladroit, perdu dans ce monde qui lui était étranger, Martí retourna en tressautant sur le zain vers le champ qui entourait la maison.

Tandis qu'il approchait, il crut voir quelque chose bouger à la fenêtre de la plus grande chambre, la sienne, qu'occupaient maintenant Javier et Sofía ; mais personne ne se montra.

Cherchant à se soulager de ses trop vives souffrances, il fit le dernier tronçon la tête appuyée contre la nuque du cheval, supportant l'odeur aigre du crin et la brûlure que provoquait sur ses joues la sueur de l'animal.

Il franchit la barrière, démonta comme il put – ses jambes engourdies le lâchèrent quand il posa pied à terre –, cacha les rênes et le mors dans le sac des sandwichs et s'approcha de la fenêtre de la dernière chambre. Il frappa avec la jointure de ses doigts contre le bois du volet et dit à voix basse :

— Isabel, c'est moi.

Il entra dans la maison par la porte de service.

Il comprit qu'il n'avait même plus la force de se plaindre. Il ne réussit qu'à murmurer : "Il s'est braqué, il n'a pas voulu aller plus loin" et s'endormit d'un sommeil fiévreux jusqu'à midi.

Et justement ce jour-là, alors que Martí avait l'air d'être à mille lieues, secoué de tremblements, rendant davantage l'âme qu'endormi, le chemin apporta ce que le zain leur avait refusé.

Isabel entendit le bruit de la cuisine, alors qu'elle préparait le petit déjeuner ; les ennemis n'étaient pas encore levés, du moins, ils n'étaient toujours pas sortis de leur chambre.

D'abord un bruit qu'on aurait pu prendre pour la brise ou le chant lointain d'un oiseau, mais qui, par la suite, se précisa pour devenir un sifflement clair et léger émis du chemin en direction de la maison. Devant la barrière, le sifflement s'arrêta et fut remplacé par des claquements de mains et des applaudissements cherchant à attirer l'attention des habitants de la maison.

A cette époque, Pablo et elle avaient si souvent cru entendre le moteur d'une voiture, le sifflement ou le chant d'un passant qu'elle pensa, un instant, à un nouveau mirage, une désillusion de plus ; mais, sans hésiter, elle se précipita vers la baie de la salle de séjour et vit l'homme qui frappait dans ses mains devant la barrière. C'était un vieux en guenilles, ou peut-être étaient-ce sa barbe et son allure qui lui donnaient l'air si âgé.

Isabel ouvrit la porte en essayant de ne pas faire de bruit et, sans se demander comment faire de cet homme l'instrument de leur salut, elle agita les bras pour qu'il passe la barrière et elle se précipita vers lui.

Tandis qu'elle s'approchait, l'homme sembla prendre peur, comme si le visage tendu et la respiration irrégulière d'Isabel étaient une menace ; mais elle le rassura d'un geste aimable de la main.

L'homme ôta son chapeau, montrant une crinière aussi emmêlée et aussi sale que la barbe qui lui recouvrait la moitié de la poitrine et dit brusquement, d'une voix monocorde, comme s'il avait perdu l'habitude de parler avec les gens :

— Bonjour, un peu d'eau et de nourriture, s'il vous plaît. Une odeur de vieilleries se répandit dans l'air, qui venait sûrement de ses vêtements, de sa saleté, des taches qu'il avait sur la peau et de son haleine.

Mais Isabel ne sentit pas l'odeur et elle ne vit pas comme le mendiant qui levait maintenant vers elle un petit récipient de métal était décati et crasseux ni ne s'en soucia. Désespérée, elle dit à toute vitesse :

— Par pitié, aidez-nous ! Et regardant craintivement la maison où les fenêtres étaient toujours vides, où rien ne bougeait derrière les rideaux, retenant ses pleurs, elle ajouta : Par pitié, allez dire au village que, mon mari et moi, nous sommes séquestrés.

Surpris, l'homme la regarda. Puis, comme s'il ne comprenait pas ce que cette voix angoissée lui demandait, il secoua le récipient et répéta en exhalant une odeur encore plus fétide :

— Un peu d'eau et de nourriture.

Isabel eut envie de le frapper, de lui assener des coups rageurs qui lui feraient comprendre son drame. Mais le regard vide du mendiant, ses yeux morts posés sur quelque point de l'horizon, l'en empêchèrent. Tout en cherchant à rendre sa voix plus calme, elle dit :

— Oui, monsieur, je vais vous donner de l'eau et de la nourriture, et même de l'argent, mais vous devez aller au village et dire que nous sommes séquestrés, nous sommes Pablo et Isabel Martí, d'accord ?

— Martí, murmura le mendiant.

— C'est ça. Et nous sommes séquestrés.

— Séquestrés, répéta le mendiant.

— Très bien, très bien. Je vais tout de suite aller chercher de l'argent et de la nourriture.

— Et de l'eau.

— Oui, de l'eau aussi, mais, vous, vous m'attendez sur le chemin, vous vous cachez derrière un arbre, d'accord ?

Le mendiant l'observa sans bouger.

Isabel insista :

— Allez sur le chemin, attendez-moi là-bas, afin que ceux qui nous séquestrent ne vous voient pas.

Le mendiant ne la regardait plus.

— D'accord ? répéta Isabel en contenant sa rage.

Le mendiant se mit à marcher vers la maison.

— Qu'est-ce que vous faites ? s'écria Isabel au moment où Javier disait tranquillement de la porte :

— Approchez-vous, mon brave, approchez-vous, dans cette maison, on ne refuse un peu de nourriture à personne.

Un moment après, Isabel, au chevet de son mari, eut beau lui dire : "Réveille-toi, mon vieux, il y a un homme, un mendiant, réveille-toi, s'il te plaît." Le sommeil ou la fatigue de la matinée donnait à son visage une expression d'absence et de souffrance que rien ne modifiait ; il était dans un autre monde.

Dorotea plaça un petit banc contre la remise et, sur un torchon qu'elle étendit par terre, posa de la nourriture, de l'eau et un pichet de vin.

— C'est bon ? demanda-t-elle.

Le mendiant éructa, acquiesça d'un signe de tête et continua à manger.

— Que vous a dit ma maman ? demanda doucement Dorotea.

Mais cette question n'intéressa pas le mendiant, pas plus que ses explications, quand elle dit :

— Ma maman, la petite vieille qui vous a reçu, la pauvre, elle est folle, qu'est-ce qu'elle vous a dit ?

Quand il eut fini de manger, le mendiant se remit à éructer, il bâilla, écarta ses bras pour se détendre et, montrant l'ombre toute proche d'un arbre, demanda :

— Je peux dormir ?

— Dormez, répondit Dorotea.

Il fallait que Dieu l'éclaire, lui montre comment faire pour que cet homme qui ronflait bruyamment à côté de la remise apporte un message au village. Mais tout geste d'Isabel, toute tentative de parler avec le mendiant seraient observés d'une fenêtre ; ils ne lui permettraient pas de s'approcher. Elle se reprocha, consternée, son manque d'ingéniosité, sa maladresse. "Si, au moins, Pablo était réveillé", pensa-t-elle avec amertume.

Mais il se passa alors quelque chose. Le mendiant, qui bâillait encore, s'approcha de la porte, frappa et, aussitôt, Isabel entendit les voix des ennemis qui parlaient en même temps :

— Vous voulez encore quelque chose ?

— Des biscuits pour la route ?

— De l'eau, dit le mendiant.

Alors que Sofía se dirigeait vers la cuisine de son pas au bruit inimitable, Dorotea répéta sa question :

— Ma maman vous a dit quelque chose quand vous êtes allé chez elle ? Elle est si folle, la pauvre…

Puis la voix, plus autoritaire, de Javier :

— Que vous a dit ma mère ?

Il y eut un silence. Puis, sans les regarder, le mendiant murmura "Martí, séquestrés" et agita son petit récipient.

— Qu'est-ce que vous dites ? cria Javier. Qu'est-ce que vous êtes en train de dire ? Il prit le mendiant par le bras en l'enjoignant de répondre : Répétez ce que vous avez dit !

— Un peu d'eau, demanda le mendiant.

Isabel ne s'arrêta pas pour écouter ces phrases ni les autres, encore plus véhémentes, qui suivirent. C'était sans importance. Plus loin, tout près de la remise, étaient restés le chapeau et le sac du mendiant.

Elle se contenta d'écrire "SOS Martí séquestrés" sur une page qu'elle arracha à son agenda et, tandis que les voix continuaient à crier dans le vestibule, elle se précipita par la porte de la cuisine vers la remise et glissa le papier dans le sac du mendiant.

C'était une petite, une pâle illusion, la bouteille dans laquelle est enfermé le message du naufragé et que l'on jette à la mer en espérant un improbable dénouement, peut-être la libération.

Par un geste d'excessive prudence, craignant que, voyant son excitation, les ennemis ne devinent ce qu'elle avait fait, elle s'enferma dans sa chambre. Aussi ne vit-elle pas Javier raccompagner le mendiant jusqu'à la remise et n'entendit-elle pas le ronflement de la voiture qui franchissait la barrière et s'éloignait.

L'été sembla plus précoce que prévu. L'air des montagnes, en général frais à cette époque de l'année, obligeant à se mettre une petite laine pour sortir et à se recouvrir, la nuit, de quelques couvertures, s'était transformé en une torpeur où l'éclat du soleil, les feuillages immobiles et même la rumeur sourde des cigales étaient, à l'encontre du calendrier, des signes précurseurs de l'été.

Un matin, Isabel remarqua que les intrus installaient dans le jardin les chaises longues dans lesquelles Pablo et elle jouissaient du crépuscule quand ses ombres donnaient lieu à un beau et paisible spectacle.

Elle profita de l'absence des intrus pour récupérer dans la salle à manger l'anthologie de récits de voyages, illustrée de cartes, qu'elle aimait feuilleter et dont ils s'étaient emparés en s'installant dans leur chambre.

Elle cachait le livre sous son tablier pour l'emporter dans sa chambre quand elle entendit

Javier et Sofía entrer dans la maison en riant ; pressés, ils remontaient le vestibule et, si l'on en croyait leurs voix, ils avaient l'air de se précipiter vers les chambres.

Peu après, ils passèrent près d'elle sans la regarder, de retour au jardin, en faisant toujours autant de vacarme ; un enthousiasme inhabituel ; comme si quelque chose les excitait. C'est alors qu'elle les vit : Javier était en caleçon, sa chemise nouée sur le ventre, Sofía était en soutien-gorge et en petite culotte.

L'étonnement cloua Isabel sur place.

Puis, quand ils sortirent, elle regarda par la fenêtre ; elle les vit aller au milieu du jardin, loin des arbres, et s'installer sur les chaises longues, tournant le dos à la maison, le corps et le visage exposés au soleil, profitant visiblement de la chaleur. Dorotea était avec eux, elle aussi en soutien-gorge et en petite culotte.

La musique stridente d'un transistor qu'ils avaient posé sur l'herbe parvenait jusqu'à Isabel.

Plus déconcertée que scandalisée par ce manque de pudeur, encore inédit chez eux, elle préféra se dire que, agités comme ils l'étaient quand ils étaient passés devant elle, ils n'avaient pas remarqué sa présence et ignoraient aussi qu'elle les observait d'une fenêtre. Sans doute se rhabilleraient-ils pour revenir dans la maison. Elle n'entendit ni les voix ni les rires ni ne réussit à voir à quoi ils jouaient car les chaises longues tournaient le dos à la maison.

— Pas touche ! s'écria Javier, les yeux clos, en essayant de chasser avec des gestes qui feignaient la brutalité la main qui descendait le long de sa poitrine.

— Cette main cherche le petit oiseau, dit Sofía sans s'arrêter jusqu'à ce qu'elle ait atteint le caleçon de son mari.

— Arrête, foldingue, moi je suis seule, se plaignit Dorotea de sa chaise longue en souriant.

Mais Sofía avait déjà glissé sa main dans le caleçon de Javier et, luttant avec la sienne qui cherchait à l'arrêter, elle répondit à sa belle-sœur :

— Ne t'en fais pas, il n'y a rien, tout est faux, juste des chiffons ! Puis elle posa une jambe sur les cuisses de Javier : Caresse-moi comme j'aime ! demanda-t-elle.

— Enlève cette patte ! dit Javier en protestant, peut-être gêné par la présence de sa sœur.

Sofía, d'un ton apparemment moqueur, sans agressivité, dit :

— Ne fais pas la tapette ! tout en posant son autre jambe sur les cuisses de son mari.

— Mais ma belle, tu es en chaleur ! s'écria Dorotea, surprise.

— C'est la faute au soleil ! répondit nonchalamment Sofía. Et aussitôt, en minaudant, comme si elle mimait l'exaltation ou l'extase, elle murmura : Et au dos de ton petit frère aussi !

Isabel retourna à la cuisine préparer la carbonnade qu'ils lui avaient demandé de faire pour midi. Dans la salle à manger, elle mit trois assiettes et des couverts sur la table et alla dans sa chambre s'allonger et se reposer jusqu'à l'heure du déjeuner.

Martí tomba sur eux alors qu'ils revenaient du jardin. Etonné, il les vit entrer et se diriger vers la salle de séjour en petite tenue avant de s'affaler dans les fauteuils.

La voix de Dorotea s'éleva suffisamment pour être entendue de la cuisine :

— Isabel, il y en a encore pour longtemps ? On a faim !

Martí les observa avec dégoût : la couleur de la peau qui n'était pas habituée au soleil, pâle, d'un blanc sale, l'impudeur des corps affalés dans les fauteuils, le sexe de Javier gonflant l'étroit caleçon, les seins des femmes qu'on devinait sous le tissu usé et presque transparent de leurs soutiens-gorge, comme s'il leur était parfaitement égal que le vieux couple puisse les voir.

Dorotea se dirigea vers la salle à manger en répétant la question qu'elle venait de poser à Isabel qu'elle croyait dans la cuisine.

Martí dit, les lèvres pincées, hors de lui :

— C'est le comble, vous dépassez les limites !

Ces mots indignés n'atteignirent pas Dorotea qui détourna les yeux et leva son menton pour reposer sa question vers la porte fermée de la cuisine.

— C'est le comble ! s'écria Martí. Vous êtes une bande de dévergondés !

Dorotea, se tournant alors vers lui, demanda tranquillement, presque étrangement :

— Quelle mouche vous a piqué ?

S'étouffant d'indignation, Martí ne réussit qu'à dire :

— Vous vous promenez nus dans la maison, vous êtes une bande de dévergondés !

— Nus non, nous, on a une petite culotte et un soutien-gorge, et Javier, un caleçon. Regardez bien, Pablo, et tâchez de ne pas vous tromper. A moins que vous n'ayez un coup de sang et ne rêviez de femmes nues ? Elle ajouta d'un ton moqueur : En plus, ils sont mari et femme, tout est légal, papiers en règle, aussi ils peuvent se montrer les bijoux !

Martí ne réussit qu'à murmurer "insolente" sans trouver les mots qu'il fallait ; si bien que Dorotea continua calmement, comme si elle lui faisait la leçon :

— On n'a pas de maillots de bain, et vous n'allez pas vous imaginer que, avec cette chaleur, on va prendre le soleil tout habillés. Comme tout un chacun, nous aussi on aime être à l'aise. Elle réfléchit un moment et ajouta : Vous aussi, vous pouvez vous mettre comme ça, si ça vous chante, on est tolérants, on ne va pas vous en empêcher.

Martí réussit enfin à transformer sa fureur en phrases, ou plutôt en cris :

— Que vous deux, vous vous promeniez nues, je n'en ai rien à foutre, je ne vous vois même pas, c'est comme si vous n'existiez pas, mais que votre frère se balade les couilles à l'air devant Isabel, c'est hors de question !

— Comme vous êtes chochotte, Pablo !

— Dites-lui de mettre immédiatement un pantalon.

— Pourquoi ne le lui dites-vous pas vous-même ?

Dorotea avait, maintenant, l'air de s'amuser.

Martí poursuivit comme s'il ne l'avait pas entendue :

— Mais quel genre d'homme c'est votre frère ? Ça lui est égal qu'une dame le voie en caleçon ?

La voix de Dorotea se fit plus lente, comme si elle voulait calmer cet homme exalté ou, peut-être, n'être en procédant ainsi que plus perfide et plus irritante :

— Du calme, Pablo, du calme, souvenez-vous du temps où je travaillais ici, de toutes les fois où vous êtes passé dans le vestibule en caleçon pour aller chercher quelque chose à la salle à manger ou à la cuisine, et vous saviez fort bien que j'étais dans les parages et que je pouvais vous voir, même si dès que vous me voyiez vous reveniez aussitôt dans votre chambre ; mais vous saviez très bien que je pouvais vous voir, et vous vous baladiez tranquillement, sans penser à tout ce que vous dites maintenant.

Martí voulut répondre, rejeter ces allégations, mais Dorotea continua à parler, aveuglée par le ressentiment :

— Peut-être que, comme j'étais la bonne, c'était sans importance, je n'étais pas une dame comme Isabel, je n'étais pas une femme, le maître de maison pouvait se balader comme bon lui semblait sans que personne n'ait à s'en offenser ? Bien sûr, vous allez me dire que, comme vous êtes vieux, vous n'avez plus rien dans le caleçon, et que c'est pour ça que vous preniez vos aises, mais je vais vous raconter quelque chose, écoutez-moi bien, avant de venir ici, j'ai travaillé dans d'autres maisons où il y avait des garçons et de jeunes patrons, que des gens bien, des médecins, des avocats, du fric en pagaille, et tous se promenaient tranquillement en caleçon dans la maison, certains en slips hypermoulants, je vous raconte pas, c'était comme si je n'existais pas, comme si je faisais partie des meubles, comme si ça me laissait de marbre de les voir les couilles à moitié à l'air, et jamais personne ne m'a présenté des excuses ni ne s'est senti honteux, et moi je ne pouvais rien dire, et, bien sûr, les patronnes, quand elles en avaient envie, elles se baladaient en soutien-gorge et en petite culotte, et parfois le cul à l'air, et on ne m'a jamais demandé si ça me scandalisait, on ne m'a jamais dit non plus que moi aussi je pouvais me mettre à l'aise si j'en avais envie, aussi, Pablo, qu'est-ce qui vous prend maintenant de nous faire chier parce que Javier est en caleçon et nous, en tenue légère ?

Cet après-midi-là, une pluie imprévue et drue puis le vent froid du sud renvoyèrent l'été aux calendes grecques et rétablirent dans les montagnes le climat frais de saison. Si bien que ce qui s'était passé dans la matinée ne se répéta pas les jours suivants.

Sofía ouvrit le réfrigérateur pour se servir un verre de citronnade.

Javier avait découvert assez loin de la maison, caché par un rideau de peupliers, un citronnier ployant sous les fruits. Il en avait ramassé quelques-uns et, au retour, avait reproché à Martí de leur avoir caché l'existence de cet arbre.

— Une réaction égoïste de votre part, dit-il. Vous nous avez fait manger des salades insipides tout en sachant parfaitement qu'on aime y mettre du citron.

Il exigea, plus pour que cela lui serve de leçon que pour économiser ses forces, qu'il prenne un panier et le rapporte rempli de fruits.

Puis Isabel dut préparer de grands pots de citronnade avec des glaçons et du sucre, comme l'aimaient les ennemis, dont ils pourraient boire à satiété, car il restait beaucoup de citrons dans le panier et sur l'arbre.

Sofía emplit son verre, referma le réfrigérateur et elle s'apprêtait à boire quand elle vit les yeux jaunes qui la regardaient d'un coin de la cuisine.

La femme posa son verre dans l'évier, prit une assiette creuse, la remplit de lait et, en faisant tout pour que ses mouvements soient le plus discrets possible, tournant le dos au chat pour éviter son regard, elle versa dans l'assiette la moitié d'un flacon de mort-aux-rats.

Le lait ne changea pas de couleur. Sofía appela le chat de sa voix la plus tendre, "minou, minou", tout en battant le breuvage avec une cuillère comme si elle cherchait à faire des bulles.

Le chat l'observait sans bouger. Elle le rappela, tout en continuant à tourner son mélange. Ce n'est que lorsqu'elle s'éloigna que le chat fit quelques pas souples et lents vers l'assiette de lait.

Sofía s'éloigna de quelques mètres et dit tendrement :

— Bois, minou, ça va te plaire, puis sur le même ton : Tu vas voir comme c'est bon la mort-aux-rats, et elle va joliment te tordre les boyaux, fils de pute.

Le chat s'arrêta devant l'assiette et en huma le bord, puis il pencha sa tête sur la surface blanche et appétissante.

Sofía, d'un même ton minaudier, l'encouragea avec enthousiasme :

— Bois, bois, minou de merde, ce bon lait va te brûler les tripes, bois donc !

Comme s'il comprenait la menace contenue dans ces mots, malgré le ton affectueux sur lequel ils avaient été dits, le chat leva tout à coup la tête et, les yeux mi-clos, regarda la femme.

Sofía réussit à rester amicale et se remit à parler doucement, mais en faisant maintenant bien attention à ce qu'elle disait, même s'il était absurde de penser que le chat pouvait comprendre le sens et l'ironie de son ton affectueux. Elle dit :

— Bois ce lait, minou, il est très bon et tu dois grandir.

Mais le chat, immobile, continua à l'observer. Puis il plissa son museau, comme s'il humait une odeur inconnue.

Sofía perdit patience. Sa voix devint plus dure quand elle exigea que le chat boive une bonne fois pour toutes ce lait, et elle s'approcha de lui à pas de loup, un bras derrière le dos tenant un couteau de cuisine.

Comme s'il cherchait à la provoquer, le chat marcha sur le rebord de l'assiette et renversa le lait. Le bras de Sofía, énergique et rapide, se tendit et le couteau tomba juste à côté de l'assiette, à l'endroit où aurait dû être le chat qui, maintenant, volait, les muscles tendus, vers la porte où il s'arrêta pour regarder cette femme à l'odeur agressive se pencher vers le couteau pour le ramasser.

Soudain, ils se remirent à espérer.

Un orage menaçait ; l'air était à couper au couteau, électrique, et les éclairs ébranlaient l'horizon.

Les Martí allèrent, sans succès, chercher dans le jardin la fraîcheur qui leur manquait dans la pièce exiguë qu'ils occupaient désormais : le temps lourd les épuisa immédiatement, les empêchant de marcher.

Ils rebroussaient chemin quand ils remarquèrent, par les fenêtres de la salle de séjour, qu'il se passait quelque chose d'inédit : Dorotea s'agitait comme une diablesse et, face à elle, Javier, remuant lui aussi les bras – d'où une impression d'irritation ou de déraison –, semblait lui répondre ; entre eux s'interposait Sofía qui posait, tour à tour, une main sur la poitrine de l'un ou de l'autre, comme s'ils allaient se battre et qu'elle cherchait à les en empêcher.

Ils les épièrent d'assez loin pour ne pas être vus. Comme les vitres étaient fermées, ils ne pouvaient pas entendre ce qu'ils disaient ; mais il s'agissait, sans aucun doute, d'une dispute, peut-être grave.

Quand ils entrèrent, les ennemis se turent ; tels des acteurs dans une scène de théâtre, ils regardèrent, immobiles, les Martí marcher dans le vestibule.

Ils allèrent dans leur chambre et en refermèrent violemment la porte, cherchant à se faire entendre de la salle de séjour. Aussitôt, Martí, collé au mur du corridor, s'approcha sans faire de bruit pour écouter les ennemis.

Comme s'ils craignaient d'être entendus, ils parlaient à voix basse et certains mots étaient difficilement intelligibles, mais il était évident que Dorotea et Javier se querellaient.

A propos de quelque chose qui s'était passé, ils disaient "l'autre fois" et, d'après leur ton, se faisaient des reproches.

— C'est ta faute, moi je voulais me tirer avant, dit, à un moment donné, Javier.

Dorotea, furieuse, répondit :

— Tu es une vraie merde ! Tu fais les choses toujours à moitié, et dès qu'elles se compliquent tu te dégonfles !

Puis, tout en ignorant que Martí essayait d'écouter, sinon, s'ils avaient eu des soupçons, ils se seraient précipités pour le surprendre en flagrant délit, ils parlèrent moins fort et il n'entendit que des mots et des bribes de phrases dans lesquels on remarquait l'aplomb de Dorotea et l'inquiétude exagérée de Javier, "il n'y a rien", "le neveu", "ils se sont habitués", "elle est malade", "l'autre fois", "ils étaient plus chiants", "c'était un accident".

Leur colère n'arrêta pas de monter jusqu'à ce que, de la façon la plus inattendue, un cri de Sofía les fasse taire :

— Assez, bande de couillons, finissez-en une bonne fois pour toutes !

Martí, qui ne voyait pas la scène qui se déroulait dans la salle de séjour, imagina Javier et Dorotea observant, désarçonnés, cette femme plus jeune qu'eux, toujours encline à la plaisanterie, qui venait de les réprimander, irritée et bien décidée à en finir. Il se dit qu'ils devaient échanger des regards de haine avant de se déchirer de nouveau. Mais ils se turent pour de bon.

De la salle de séjour n'arrivaient plus que le léger grincement des fauteuils et les quintes de toux de Dorotea ; un moment après, on entendit aussi le clic que faisait le poste de télévision en s'allumant. Les jours suivants, les Martí observèrent les ennemis en feignant de ne pas remarquer ce qui se passait tout en faisant le ménage. Leurs traits étaient tendus, Sofía semblait inquiète, Dorotea et Javier ne se parlaient plus. Mais il n'y eut plus de dispute, ou alors les Martí ne le surent pas.

Après le déjeuner, assis dans la salle à manger, Dorotea et Sofía regardaient leurs éternels feuilletons, tandis que Javier somnolait ou lisait dans un fauteuil à côté, mais on ne les entendait pas bavarder.

L'affrontement pouvait se terminer par une crise qui, enfin, les éloignerait de la maison.

— D'après moi, le type est inquiet, il veut s'en aller et Dorotea s'y oppose, dit Martí parmi mille hypothèses sur les causes de leurs disputes.

— A moins que Dorotea ne veuille nous voler des choses avant le départ et que Javier n'en ait pas le courage, dit Isabel.

— Qu'est-ce qu'ils pourraient prendre ? Il n'y a rien qui vaille un clou ici.

Mais quelle que soit la raison de leur dispute, l'important était qu'elle ait eu lieu et, divisés, ils ne pourraient plus jouer les maîtres très longtemps.

— Tu vas voir, il va y avoir un nouvel accrochage et ils vont s'en aller dans la semaine, dit Martí plein d'enthousiasme.

Ils ne savaient pas qu'un après-midi, enfermés dans la grande chambre à coucher pour ne pas être entendus, les ennemis avaient approuvé les mots de Sofía destinés à clore le débat.

— On ne peut pas se permettre de se disputer, sinon on scie la branche sur laquelle on est assis, avait dit Sofía. Et sur ce qu'on doit faire, c'est toujours Dorotea qui a pris les décisions quand on n'était pas d'accord. Ce qui veut dire qu'on doit lui obéir.

Javier essaya de protester, mais sans l'animosité avec laquelle il avait affronté sa sœur quelques jours auparavant, car sa femme l'en dissuada :

— Tu n'as rien à dire, parce que s'il y a une discussion suivie de vote, je prends parti pour Dorotea, autrement dit, on est deux contre un.

Javier observa les femmes ; il avait envie d'insister, mais il se retint. Sofía le regarda en souriant et dit affectueusement :

— C'est comme ça, Javier, accepte. Tout va bien se passer. *Non calentarum largum vivire.*

Et Dorotea, elle aussi en souriant mais sans l'ironie habituelle, conciliante, ajouta :

— Ne t'en fais pas, il n'y aura pas de problèmes. Et elle posa une main sur l'épaule de son frère en signe de paix définitive.

Même si les Martí ignoraient ce qu'au cours de cette réunion les ennemis avaient décidé, ils remarquèrent qu'il n'y avait plus de tension entre eux ; ils bavardaient, se parlaient comme avant, certes sans attentions excessives, mais sans irritation ni méfiance non plus.

Isabel ne pensait plus à ce papier, cet appel au secours qu'elle avait caché dans le sac du mendiant qui, un matin, s'était arrêté devant la maison ; des jours et des jours avaient passé et personne n'était venu les délivrer. Au cours de l'une de ses promenades, Isabel vit parmi des arbustes un objet qui brillait vaguement et qui était soit un récipient en métal soit quelque chose d'approchant, mais elle ne se pencha pas pour l'identifier ou le ramasser. Elle se dit que c'était peut-être du mica car, dans cette région, il y en avait autour de certaines pierres, mais aussi bien ne voulut-elle pas savoir de quoi il s'agissait ; elle ne comptait plus guère sur ce SOS ; son illusion, son euphorie, excessives, étaient dues à la dispute qu'elle avait entendue entre les ennemis ; puis ces gens avaient signé la paix, recouvré leur complicité, ce qui avait fini par l'achever.

Jusqu'au jour où ils les avaient entendus se disputer, elle avait gardé confiance, pensé qu'on les délivrerait, avait tout fait pour se sentir hors d'atteinte, bien décidée à parvenir au dénouement intacte. La dispute et les tensions qui avaient suivi l'avaient confortée dans cette voie ; elle imaginait une querelle imminente et décisive qui les obligerait à s'éloigner de la maison. La réconciliation des ennemis mit fin à cet espoir. Et si on perd espoir, l'angoisse redouble et rend tout insupportable.

Se trouver dans la cuisine quand, de façon imprévue, entraient Sofía ou Dorotea se comportant comme des maîtresses de maison, en petite tenue les jours où il faisait chaud, pour se servir une boisson ou prendre un paquet dans l'armoire, sans jeter un regard à Isabel qui, à ce moment-là, préparait le repas mais en lui rappelant une directive ou en faisant une remarque sur le ton avec lequel les patrons s'adressent au personnel de service la rendait vraiment amère, une amertume intolérable ; ce n'était plus, comme elle y était parvenue, ces dernières semaines, quelque chose de lointain, mais une piqûre acide qui lui transperçait la poitrine. Et cette amertume se remarquait dans ses traits tout à coup vieillis et ses gestes las.

L'après-midi, après avoir nettoyé et rangé la cuisine, elle n'avait qu'une envie, se recoucher et attendre la tombée de la nuit, sans lire, sans écouter à la radio la musique et les conversations. Elle avait renoncé au pull qu'elle tricotait pour Rafael et observait, le regard vide, le spectacle exigu de la pièce.

Elle mangeait sans appétit et avait le sommeil agité.

L'anémie, une fois de plus, menaçait.

Aussi, un midi, Martí entra-t-il dans la salle à manger sans le plateau et sans répondre aux griefs ni aux exclamations de surprise, “Alors ce repas ? on attend, dépêchez-vous, Pablo, on a faim”, s’arrêta devant eux et, d’un air sévère, demanda le silence.

Il dit d’un ton dur :

— Vous allez commettre un crime.

Les ennemis, désarçonnés, le regardèrent.

— Vous êtes en train de tuer Isabel. Outre les années de prison pour séquestration, vous serez condamnés à perpétuité pour assassinat.

La réponse de Javier ne fut pas agressive, comme s’il comprenait la douleur de Martí, même si elle était pour lui sans importance :

— Qu’est-ce qui vous arrive, Pablo ? Quelle mouche vous a piqué ? Isabel est plus en forme que nous tous réunis, inutile de vous faire du cinéma !

— Ma femme est atteinte d’anémie, une anémie très grave, et comme elle ne mange ni ne dort plus, bientôt elle ne pourra plus se lever, cette situation la tue à petit feu.

— Bien, Pablo, dites-lui de prendre quelques jours de repos, on va se débrouiller pour la cuisine, mais n’en faites pas un tel drame, ça n’en vaut pas la peine. Le ton de Javier se voulait à la fois autoritaire et conciliant. Mais Dorotea ajouta d’une voix dure :

— Ne nous emmerdez pas, Pablo. Et apportez-nous tout de suite le repas, on a faim !

— Vous ne comprenez pas, bordel, que ma femme va mourir d’épuisement ? Il faut que je l’emmène de toute urgence chez un médecin.

La réponse agressive que Dorotea s’apprêtait à faire fut étouffée par Javier qui eut des mots définitifs :

— Bien, je vais aller au village acheter des vitamines ou le médicament nécessaire. Notez-moi le nom.

Martí ne réussit pas à le convaincre qu'Isabel devait consulter un médecin, qu'il fallait procéder à des analyses et qu'il n'était pas habilité à inventer le médicament dont elle avait besoin.

— Ne racontez pas de sornettes, Pablo, vous n'avez rien à inventer. Si Isabel a déjà été atteinte d'anémie, vous savez fort bien ce qu'elle doit prendre. Notez-moi le nom du médicament et je vais l'acheter. L'idée d'aller au village acheter le médicament et rapporter, au passage, la marchandise du mois lui rappela les lettres. Et n'oubliez pas d'écrire à votre neveu, comme ça je remettrai la lettre au patron de l'entrepôt, dit-il d'un ton calme et indifférent.

Ce soir-là, quand Martí dit qu'il pourrait enfin duper les ennemis et qu'ils se passaient eux-mêmes la corde autour du cou, son enthousiasme n'était pas feint : il avait écrit une lettre qui, sans faire allusion à ce qu'ils subissaient, suffirait à ouvrir les yeux de Rafael qui viendrait immédiatement.

Pour la première fois depuis longtemps, Isabel sourit en entendant les folies que son mari avait glissées dans sa lettre et, toujours en souriant, dit : "Pauvre Eustaquio que nous avons si peu fréquenté, voilà que maintenant il nous aide !" Il s'agissait du beau-père de Rafael, décédé dix ans auparavant, à qui Martí envoyait "le bonjour le plus affectueux". Par ailleurs, il se demandait si Martha aimerait qu'il l'appelle Evangelina et imagina sa surprise quand elle lirait les conseils qu'oncle Pablo lui donnait pour maigrir, alors qu'elle était mince comme un fil.

Le lendemain matin, ils virent la lettre entre les mains de Sofía qui se dirigeait vers la remise et, un moment après, ils réprimèrent un cri d'enthousiasme en entendant le moteur de la vieille automobile des ennemis qui partait pour le village.

— Je suis la bonne de M. et Mme Martí, dit Sofía en remettant la lettre à l'employé de l'entrepôt. Elle se mit à choisir les bouteilles et les paquets correspondant aux courses du mois. C'est Mme Isabel qui a fait la liste, expliqua-t-elle tout en lisant difficilement un papier sur lequel étaient inscrites des indications.

L'employé, un garçon aussi jeune qu'elle, sortit de derrière le comptoir et s'approcha pour l'aider. Il eut droit à un sourire auquel il n'était pas habitué, différent des comportements routiniers et fuyants des villageoises s'en tenant toujours à une amabilité neutre par crainte de provoquer des commentaires et des malentendus, si faciles dans ce village.

L'employé répétait les noms que la femme lisait sur le papier tout en prenant les bouteilles et les paquets sur les étagères. Alors qu'il disait "olives noires", il entendit la femme qui était sous son nez lui dire doucement "non, pas celles-là", tandis que sa main se posait sur la sienne et l'attirait vers elle, l'éloignant du petit pot déjà choisi. Et quand le garçon se retourna, troublé, ne sachant que faire de sa main qui était encore dans la sienne, la femme, avec un sourire et un regard surprenant, baissant beaucoup trop la voix, dit :

— C'est une autre marque d'olives que nous voulons.

Et ils se dirigèrent vers d'autres étagères qui les auraient dissimulés au patron et aux autres clients mais, à ce moment-là, la voix de Bermúdez qui s'approchait d'eux en longeant le comptoir les arrêta :

— Attendez, cria-t-il à la femme, je voudrais vous demander quelque chose !

Le garçon ne vit pas le trouble qui s'empara un instant du visage de Sofía.

— Attendez ! répéta Bermúdez quand il fut devant elle.

Sofía essaya de maîtriser son émotion et regarda le patron en esquissant un sourire.

— Mais pourquoi don Martí nous a-t-il abandonnés ? demanda Bermúdez.

Sofía se lança dans un éloge confus de la bonté de ce couple qui les traitait comme s'ils étaient de la famille et évoqua le bien-être – elle osait le dire –, dont jouissaient ces personnes âgées depuis qu'elles n'étaient plus seules à la maison.

— J'ai apporté une lettre pour son neveu, ajouta-t-elle. Je l'ai remise à ce jeune homme.

Mais le patron de l'entrepôt ne prêta guère attention à ce qu'elle disait, il répéta qu'il était perplexe et qu'il souhaitait que Martí lui rende, sans tarder, visite.

— C'est bizarre que don Martí ne vienne pas faire une partie de *truco* et prendre l'apéritif, dit-il.

Un moment plus tard, d'un ton déterminé, presque exigeant (peut-être une impression de la femme), il ajouta :

— Dites-lui de venir au bistrot, car on a envie de le voir. Et dites-lui aussi que s'il ne vient pas on va aller chez lui avec les gars et on va lui boire toutes les bières qui lui restent. Il a intérêt à arrêter de faire des simagrées et à venir nous voir.

Sans se laisser démonter, sans que rien ne change dans le ton de sa voix, la femme répondit :

— Je le lui dirai, comme ça au retour il viendra vous voir.

— Au retour ?

— M. Martí a l'intention d'aller voir les lacs qui sont de l'autre côté…

Bermúdez l'interrompit :

— Mais les lacs sont loin, au moins à cent lieues, il y a plus d'un jour de voyage…

— Exact. Comme il faut y aller en voiture, M. Martí dit qu'il va mettre mon mari à contribution. Et il dit aussi qu'il y a, là-bas, une très belle auberge et qu'on va y rester quelques jours.

— Combien ?

— Je ne sais pas, il a dit dix ou quinze. M. Martí aime pêcher.

— Il aime pêcher ? Je l'ignorais, il ne l'a jamais dit ici.

Comme s'il avait du mal à le croire, il cria "Francisco" en regardant l'autre bout du comptoir et, quand le garçon, qui commençait à s'occuper d'un autre client, s'approcha, il lui demanda :

— Dis-moi, Francisco, don Martí a-t-il dit, un jour, qu'il aimait pêcher ?

— Non, don Remigio, on ne lui a jamais entendu dire pareille chose.

— Tu te souviens qu'à une époque on vendait des cannes à pêche, des hameçons et même des petites boîtes d'appâts ? Est-ce que don Martí en a acheté ?

L'employé répondit sur le ton espiègle et innocent que le patron lui permettait de prendre.

— Pourquoi en aurait-il acheté puisqu'il vit dans les collines ? Où aurait-il pêché, dans les flaques de pluie ? Il regarda la femme en quête de complicité, mais il ne trouva ni dans ses yeux ni sur ses lèvres le sourire d'avant, comme si, en un aussi court laps de temps, elle avait changé de caractère.

Le patron de l'entrepôt confirma les mots de son employé :

— J'ai arrêté d'en vendre parce que personne, au village, n'en achetait, et don Martí pas plus que les autres.

Mais elle expliqua :

— M. Martí nous a dit qu'avant de venir dans la région, quand il habitait en ville, il allait toujours pêcher dans le fleuve. Et il pense qu'il doit y avoir du bon poisson dans les lacs.

— Ouais, pour ma part, je n'y suis jamais allé, dit le patron, perplexe.

— Donc M. Martí viendra vous voir à son retour.

— Bien, alors il va falloir attendre, dit l'autre, résigné.

La veille, alors qu'ils s'étaient retrouvés dans la grande chambre, après avoir lu à haute voix la lettre écrite par Martí, Javier avait dit :

— Il n'y a rien de bizarre, on peut l'envoyer.

Sofía était tombée d'accord et avait ajouté :

— Elle est hypernulle.

Toutefois, les sourcils de Dorotea laissaient présager un avis différent. Javier avait dû relire la lettre.

Dorotea avait dit alors, comme si elle pensait à haute voix :

— Il ne dit pas qu'ils vont bien, la vieille et lui, rien sur la maison, sur ce qu'ils font... Et il parle de beaucoup de choses qu'on ne comprend pas, il nomme trop de gens. Qui est Eustaquio ? Evangelina s'appelle-t-elle vraiment comme ça ? La perplexité des autres l'avait incitée à leur demander : Si vous vouliez écrire une lettre pour annoncer que quelque chose ne tourne pas rond et que vous ne pouviez pas le dire, que feriez-vous ?

Javier et Sofía s'étaient regardés :

— Quels idiots ! avait cordialement murmuré Dorotea. Elle avait expliqué : Vous mettriez dans votre lettre des choses saugrenues, qui retiennent l'attention.

Le silence s'était fait dans la chambre ; dans les moments les plus difficiles, il traduisait le respect qu'imposaient le point de vue et même les hypothèses de Dorotea.

Elle avait fini par conclure :

— On ne peut pas prendre ce risque. Il y a peut-être dans cette diète qu'il recommande à la femme de son neveu un message qu'on ne comprend pas. Imaginez que la gonzesse soit aussi maigre que toi, dit-elle en regardant Sofía. C'est comme s'il était en train de clamer qu'il se passe des choses bizarres et qu'il ne peut pas le dire.

Sofía, détournant un instant la conversation, uniquement intéressée par ce qu'elle allait répondre à sa belle-sœur, avait dit, contente d'elle, tout en se regardant de profil dans la longue glace de la porte de la penderie :

— Maigre, mais bien faite. Tu serais ravie d'avoir un petit cul pareil !

Avec un stylo-bille semblable à celui qu'avait utilisé Martí pour écrire sur l'enveloppe l'adresse de Rafael, déployant une fois de plus son talent d'imitateur, son habileté calligraphique, Javier avait écrit quelques phrases dans lesquelles Martí expliquait à son neveu qu'il s'était donné en rangeant les outils dans la remise un coup à une main, sans gravité, mais qui, pour le moment, l'empêchait d'écrire correctement ; c'est pourquoi il ne lui adressait que quelques lignes pour lui dire qu'Isabel et lui allaient bien, qu'ils n'avaient pas de problèmes et que, comme toujours, il leur manquait et que s'ils avaient besoin de quelque chose il y avait Bermúdez et leurs amis du village, si bien qu'il n'avait pas à s'inquiéter.

Pas plus qu'ils ne surent ce qui s'était passé ce soir-là dans la grande chambre, les Martí ne pouvaient imaginer les sentiments contradictoires de Rafael quand il reçut la lettre écrite par Javier, sa joie, car son oncle s'était enfin décidé à lui écrire après des mois de silence, et sa peine pour sa blessure, même si sa femme, qui avait toujours eu plus de sang-froid que lui, lui faisait remarquer qu'un coup à une main n'avait rien de grave et que, de toute façon, il pouvait aller au village en voiture et consulter le médecin, ou son ami le pharmacien.

Rafael s'étonna que son oncle ne se répande pas, comme les autres fois, en exclamations enthousiastes sur la visite qu'il lui annonçait dans la lettre précédente. Mais c'était sûrement à cause de ses difficultés momentanées pour écrire.

Il ne pourrait pas prendre ses vacances avant la deuxième moitié du mois de janvier ; ses chefs en avaient décidé ainsi. Et c'est peut-être pourquoi, parce qu'ils ne pourraient pas passer les fêtes de fin d'année avec son oncle et sa tante et que la remise en état de la vieille voiture n'en finissait pas, et, plus important encore, parce que Martha le méritait, un soir, après le travail, il annonça à sa famille qu'il mettait au vote l'endroit où ils passeraient leurs vacances. Quand Martha protesta et dit qu'ils devaient aller à la campagne parce qu'il était triste de ne pas voir son oncle et sa tante et que tout se passerait très bien pour tout le monde là-bas, il l'interrompit en disant qu'elle était, comme toujours, très généreuse mais que, bien qu'elle n'en dise pas un mot, elle mourait d'envie d'aller passer quelques semaines au bord de la mer.

A l'idée d'un vote, les enfants s'excitaient ; les récits de bravoure qu'ils faisaient à l'école, après chaque visite à la campagne, les incitaient à choisir la première hypothèse, même s'ils avaient très envie d'aller au bord de la mer. Toute autre solution serait considérée comme de la lâcheté par leurs camarades s'ils l'apprenaient. "Des vacances merdiques, non !" leur diraient certains pour renchérir.

— Mon père a un fusil chez mon grand-oncle et ma grand-tante, avait dit l'un des frères au cours d'une récréation.

L'autre avait ajouté :

— Un jour, mon père a poursuivi, le fusil à la main, un filou qui était entré dans la maison pendant qu'on dormait, et quand il a réussi à le coincer, il l'a cogné et canardé, ma grand-tante a failli passer l'arme à gauche.

— Et alors ? avait demandé un garçon, provoquant l'enthousiasme des frères qui, parlant tous les deux à la fois, avaient rivalisé d'explications et de détails :

— Il l'a blessé à une jambe.

— Mon grand-oncle Pablo dort avec le fusil de mon papa à côté de son lit au cas où il reviendrait.

— S'il a une jambe blessée, c'est sûr qu'il va revenir, avait dit, impressionné, l'enfant qui écoutait.

— Sûr et certain ! C'est pour ça que nous, on veut aller là-bas, pour lui faire sa fête quand il reviendra.

Si bien que ces témoignages d'intrépidité, si souvent répétés et devant des publics différents, influençaient leur vote. Mais ce soir-là, après le dîner, dans le brouhaha que faisaient les garçons qui hésitaient entre la mer et la campagne, Martha dit :

— Je vote blanc, pour que papa décide, alors Rafael vota pour “deux semaines de bronzette sur une plage”.

C'était un vieux désir de Martha qui avait toujours été remis à plus tard ; il lui devait bien cela.

De toute façon, son oncle Pablo ne disait pas un mot de leur visite, si bien qu'il n'y aurait pas à lui expliquer qu'ils avaient changé de projet.

Tout semblait pareil dans la vie de Pablo et d'Isabel Martí. Les jours se traînaient, identiques, et la présence des ennemis leur était de plus en plus pénible. Mais dans chaque bruit différent, dans une rumeur qui venait des collines, dans un coup de vent ou un grincement dans les grands arbres, ils entendaient les pas et la voix de Rafael qui arrivait, plein de vigueur et d'énergie, et fondait, furieux, sur ces intrus, tel un ange justicier qui aurait assez de force pour rétablir la paix dans ce malheureux foyer.

Tant et si bien que le bruit sourd et lointain qu'ils entendirent de leur lit leur fit l'effet d'un avant-goût de l'aurore.

Ce n'était pas le vent, l'après-midi était calme, de la fenêtre on ne voyait rien bouger, et ce n'était pas non plus le ciel qui grondait. Grâce divine, une voiture s'était arrêtée près de la maison !

— Rafael ! s'écrièrent-ils tous les deux en se dressant sur leur séant.

La femme qui conduisait n'eut pas besoin de klaxonner, puisque, à peine se fut-elle arrêtée devant la barrière de la maison – la première en une heure de route sur des chemins de montagne –, l'homme qui était dans le jardin se dirigea vers la voiture.

— Un homme très aimable. Heureusement qu'il était là et qu'il nous a dit quel chemin prendre pour arriver au village, sinon qui sait où nous aurions atterri ! expliqua, plus tard, la femme à la station-service de San Francisco où elle s'arrêta pour prendre de l'essence.

— Pardon, monsieur, nous nous sommes perdues ! avait crié la femme, en passant sa tête par la fenêtre, à l'homme qui approchait.

L'autre femme, assise à côté d'elle, murmura en souriant :

— On a l'air d'idiotes !

Mais l'homme était déjà devant la voiture. Il avait couru pour ne pas les faire attendre, et il disait calmement, très aimablement, pour justifier qu'elles se soient égarées :

— Il est facile de se perdre par ici, mais pour aller au village il n'y a aucun problème. Il expliqua ensuite qu'elles seraient à San Francisco en une demi-heure et ajouta certaines précisions pour que les virages qui s'enfonçaient dans les montagnes ne les mènent pas sur une fausse piste.

— C'était un homme jeune, grand, bien de sa personne, expliqua la femme au poste d'essence quand un homme âgé qui s'était approché pour parler avec l'employé et qui, maintenant, participait à la conversation, lui demanda de le décrire.

— San Francisco est sur la route qui va à la capitale ? avait demandé la femme qui conduisait en s'arrêtant devant cette maison.

— Non, mais pas loin. Et à San Francisco vous verrez des panneaux qui vous montreront comment faire. Vous pouvez partir tranquille, madame, vous ne vous tromperez pas.

L'homme qui donnait ces conseils avait dit ces dernières phrases d'une voix plus assurée, plus forte, comme s'il voulait cacher d'autres sonorités que lui seul entendait. Mais les femmes ne perçurent pas de changement et ne s'inquiétèrent pas de son brusque retour vers la maison ni d'ailleurs de son cri alors qu'il était déjà loin :

— Excusez-moi, on m'appelle !

Elles ne s'intéressaient qu'aux indications que cet homme venait de leur donner et qu'elles ne devaient pas oublier.

Quand il entendit ce bruit, le moteur d'une voiture qui s'arrêtait devant la barrière, Martí sauta du lit, sortit dans le couloir et courut vers le vestibule sans boucler sa ceinture, retenant d'une main son pantalon pour ne pas perdre un seul instant, car leur avenir en dépendait peut-être. Il se précipita vers la porte qui donnait sur l'extérieur mais il ne parvint pas à l'ouvrir, il cria alors, rompant le silence de la maison, "La clé, fils de pute, la clé !", tandis qu'Isabel s'approchait par le couloir en lui jetant des regards désespérés. Il se précipita de nouveau contre la porte comme s'il voulait en forcer le loquet, traversa la salle à manger en courant, puis la cuisine – un siècle pour faire dix mètres – en se disant qu'il n'entendait plus le bruit de la voiture. Sa main trembla sur la targette de la porte de derrière, il l'ouvrit, bondit dehors et courut sans se demander si son cœur qui battait à tout rompre dans sa poitrine serait capable de supporter un tel effort et s'il ne risquait pas de s'arrêter.

— Merci beaucoup ! crièrent les femmes, chacune à sa fenêtre, mais sans se montrer, sans se retourner, sans se soucier d'être entendues.

Au moment de démarrer, la femme qui était au volant vit dans le rétroviseur de sa voiture le bras levé de l'homme avec qui elles avaient parlé faire un signe d'adieu et, aussitôt, toujours dans le rétroviseur, une autre silhouette plus menue, probablement d'un vieillard qui courait, ou avait l'air de courir, dans le jardin en direction de la barrière.

Tandis qu'elle s'éloignait, la femme pensa distraitement en voyant cette silhouette, "c'est celui qui appelait l'autre" et "ce doit être son père". Ce fut, du moins, ce qu'elle raconta au poste d'essence.

L'employé dit que la seule maison qu'il y avait dans les collines au bord du chemin qu'elles avaient pris était celle d'un vieux ménage sans enfants qui, après avoir vécu très longtemps seul, avait embauché, ces derniers mois, un couple de domestiques.

— Tout se sait dans ce village, expliqua-t-il. Et il ajouta : Les Martí, des gens que tout le monde aime.

L'employé parlait sans se poser de questions tout en finissant de remplir le réservoir d'essence et en vérifiant le niveau d'huile, d'eau et la pression des pneus de la voiture.

Mais l'autre, l'homme âgé qui s'était approché pour lui parler, demanda aux femmes si elles avaient vraiment vu le vieillard courir vers la barrière et si elles se souvenaient du nom de la maison – *La Captive*, précisa-t-il –, inscrit sur une planche à l'entrée. Et bien que la femme qui avait observé la scène dans le rétroviseur de la voiture, sans se soucier de son importance, ait répondu qu'elle n'en était pas sûre, qu'il lui avait simplement semblé voir un homme âgé courir vers la barrière, toujours sans certitude, et qu'elle n'avait pas non plus fait attention au nom de la maison, l'homme qui, un instant plus tôt, avait pris un air étonné se rembrunit.

Aussitôt, tandis que les femmes posaient de nouvelles questions à l'employé du poste d'essence au sujet de la route qu'elles devaient prendre pour aller à la capitale, l'autre homme traversa la rue et entra dans la pharmacie.

Le chat savoura sans se presser les morceaux de pain trempés dans du lait, de viande et les reliefs du déjeuner qu'Isabel avait mis pour lui dans un coin de la chambre ; puis il lécha l'assiette jusqu'à ce qu'elle soit blanche comme neige.

Il marcha vers le lit, tendit ses pattes et sauta sans effort pour retomber mollement sur le giron de sa maîtresse.

Les doigts d'Isabel parcoururent son dos arqué et palpitant qui se hérissait sous ses caresses.

Le silence de la pièce, la pénombre que l'étroite fenêtre n'arrivait pas à éclairer lui donnèrent l'impression – ce n'était pas des souvenirs, mais des sensations – d'être dans une autre chambre, une chambre de son enfance, la chambre exiguë, sans ouvertures, sans lumière venue de l'extérieur, qu'occupèrent les différentes bonnes, mais d'une certaine manière identiques, qui avaient travaillé dans la maison de ses parents.

Tous les soirs, après le goûter, elle allait dans cette chambre et observait ces filles qui se déplaçaient prudemment entre les rares meubles pour ne pas les faire tomber, entre la table de nuit, les images religieuses, la fleur, en général séchée, et la photo d'un parent ou de leur fiancé épinglée au mur.

Bien que dans la petite chambre que Pablo et elle occupaient il n'y eût que l'odeur propre et fraîche de leurs corps, de leurs vêtements et de leurs draps, elle sentit une fois de plus les parfums sucrés et capiteux de ces filles, l'odeur particulière de cette autre chambre.

Elle les vit se pencher et tourner autour de la jeannette – haute, en équilibre sur une croix de bois qui ressemblait aux pattes d'un insecte –, certaines se taisant, à la suite de quelque malheur ou de quelque chose qu'elles avaient fait autrefois et dont elles avaient honte, pensait alors Isabel, d'autres parlant, imprimant à leur voix le rythme de leurs mouvements sur le linge qu'elles repassaient tout en lui racontant des histoires sur leur vie, leur enfance à la campagne, leurs premiers petits amis, mentionnant parfois leurs enfants sans que la fillette comprenne comment ils pouvaient vivre si loin de leur mère, ou des anecdotes qu'aussi bien elles inventaient pour la distraire ou peut-être rompre la monotonie de ce silence qu'était, pour toutes, la vie.

Elle les revit se redresser à toute vitesse quand on entendait la clochette – désagréable, perçante, Isabel ne l'oublia jamais – pour se précipiter dans la chambre de sa mère qui les appelait.

Elle se rappela son étonnement quand, lors des dîners avec ses parents, la bonne, qui, quelques heures plus tôt, lui avait raconté des histoires et joué avec elle, s'arrêtait devant la table et lui présentait le plat pour qu'elle se serve, grave avec son tablier et dans un silence qu'elle ne devait pas troubler, disait sa mère, par des plaisanteries et des questions.

Elle se rappela les sanglots de l'une d'elles qui s'était blottie contre l'oreiller de cette petite chambre quand son père, toujours exigeant, énervé par des ennuis professionnels, exaspéré peut-être par une erreur ou une étourderie de la bonne, lui avait crié des mots trop durs, probablement agressifs ; elle se rappela aussi, dans des circonstances semblables, l'air furieux d'autres bonnes ; elle n'avait jamais oublié sa surprise quand elle avait entendu l'une d'elles murmurer haineusement, tournant le dos à son père qui venait de la réprimander, "Crève, vieux de merde !".

Elle aimait observer leur enthousiasme quand elles se paraient avec leurs babioles de pierre et de métal les soirs où sa mère les laissait sortir un moment dans le vestibule ou au coin de la rue pour bavarder avec un parent ou avec leur petit ami ; elle les voyait vite revenir pour préparer le dîner, et leur visage différent, plus heureux, devenait tout de suite routinier. Tandis qu'elle les observait, Isabel comparait cette transformation de leur expression avec son propre malheur, tous les matins, quand elle devait partir pour l'école et son sentiment de liberté et de joie quand elle retournait à la maison ; mais chez elle ce sentiment de bonheur persisterait jusqu'au soir, jusqu'au lendemain, jusqu'au moment du départ pour l'école, alors que pour ces bonnes ce n'étaient que des moments, de courtes fins d'après-midi et le congé du dimanche.

Où donc sont-elles, se demanda Isabel, ces femmes sûrement âgées maintenant, si elles ne sont pas déjà mortes ? Et elle s'entendit dire à voix haute :

— Comment pouvaient-elles passer leur vie dans une chambre comme celle-ci ?

Sa voix résonna, surprit le chat qui leva les yeux et la regarda, étonné.

Sa propre voix, ou peut-être la réponse de l'animal, la rendit au moment difficile qu'ils étaient en train de vivre. Comme tant d'autres soirs où elle s'était retrouvée seule avec le chat, Isabel lui parla, ou plutôt parla pour elle-même de ses sentiments, de son scepticisme ; elle dit, comme si l'animal pouvait la comprendre, qu'elle préférait ne pas penser au temps pendant lequel ils auraient encore les intrus sur le dos avant que Rafael ou un ami du village ne vienne à la maison, "parce que je ne suis pas sûre, dit-elle, qu'ils aient envoyé la lettre que Pablo a écrite", et elle ajouta, inquiète, "ils sont très malins, comme tous les gens de mauvais aloi".

Puis – phrases qu'elle aurait aimé ne pas prononcer – elle dit, abattue, qu'elle envisageait le pire, qu'elle allait peut-être mourir d'épuisement ou de morosité avant l'arrivée de Rafael et des gens du village, et aussi que Pablo mourrait de tristesse si elle le laissait seul.

On entendit, dans le couloir, un bruit de pas qui s'approchaient.

Le chat renonça aussitôt aux caresses qui lui parcouraient le dos, arc-bouta son corps assoupi, et, tendu et sur le qui-vive, pressentant l'arrivée de la femme haïe, se précipita vers la fenêtre.

Au moment où des jointures de doigts frappaient à la porte et où la voix de Dorotea disait du couloir "Isabel, j'ai envie de sablés pour le thé, préparez-les", le chat sauta par la persienne entrouverte et s'enfuit derrière un rideau de plantes vers son refuge habituel dans le trou d'un arbre, loin de la maison.

Les villageois qui, cet après-midi-là, allèrent à la pharmacie, tombèrent sur un autre homme. Ils eurent, comme toujours, droit aux soins que don Salustiano accordait à leurs maux ou à la blessure qui les avaient conduits chez lui, à ses aimables et sempiternelles questions sur le membre de leur famille qui était venu, quelques jours auparavant, à la pharmacie pour tel ou tel problème, à sa curiosité sur la santé des enfants ou des personnes âgées de la maison, la récolte et les malheurs des animaux domestiques, autrement dit les soucis de ces gens qui vivaient près de la nature. Mais son flegme, ses manières paisibles et bienveillantes qui témoignaient de son caractère bienfaisant avaient disparu.

Au poste d'essence, la femme avait dit qu'elle n'était pas sûre d'avoir vu un vieil homme courir vers la barrière, que c'était seulement ce qu'elle avait cru voir et qu'elle n'avait même pas remarqué le nom de la maison, si bien, pensa don Salustiano, qu'il s'agissait peut-être d'une autre, au bord d'un autre chemin, même si dans cette vaste région de collines elles étaient rares et éloignées les unes des autres. Si don Martí ou sa femme avaient un problème, ils descendraient au village en voiture ou enverraient ces gens à leur service demander de l'aide ; la femme de Martí était guérie, le grand air et le calme de la vie à la campagne avaient fait des miracles ; le rhumatisme dont souffrait don Martí, sa seule maladie, était sans gravité, uniquement une gêne ; de plus, il avait fait transmettre, en début de mois, plusieurs boîtes de cachets par l'homme qui travaillait à *La Captive* ; ce domestique, dont Remigio, qui avait eu deux fois affaire à lui au magasin, disait qu'il semblait recommandable, respectueux, poli, soucieux de satisfaire ses maîtres. C'était, il est vrai, la première fois que don Martí passait tant de temps sans descendre au village, mais à présent, servi comme il l'était et ayant quelqu'un à sa disposition pour faire les courses, son absence n'avait rien d'incompréhensible même s'il avait beau regretter son amitié et son intelligente conversation.

Si bien que tout était en ordre, il n'y avait aucune raison de s'inquiéter voulait penser don Salustiano. Et pourtant.

En sortant de sa chambre, Isabel se dit qu'avant d'aller à la cuisine préparer les sablés que Dorotea exigeait elle passerait un moment dans le jardin ; la paix des rosiers, qui restaient pareils, comme si les ennemis n'étaient pas dans la maison, l'aiderait peut-être à reprendre courage.

Elle longea le vestibule sans regarder dans la salle de séjour où les voix du feuilleton suggéraient, comme d'habitude, la présence de Dorotea et de Sofía. Toutefois, en sortant dans le jardin, elle tomba nez à nez sur la deuxième.

Isabel détourna les yeux et voulut continuer à avancer comme si cette femme n'était pas là, mais une phrase d'elle, dite sans ironie, dans un pur élan d'enthousiasme, l'obligea à s'arrêter :

— Les roses vont faire un effet bœuf dans le vase de la salle de séjour !

L'une des mains de Sofía tenait le sécateur, l'autre était cachée par un gros bouquet de fleurs rouges.

Isabel s'approcha de ses rosiers mutilés, passa inutilement sa main sur les tiges tronquées, essaya de dire quelque chose pour se consoler face à ces bras aimés qui se terminaient maintenant par des moignons, mais elle ne put que balbutier une plainte, “ils me prennent tout”, la voix entravée par un sanglot qu'elle parvint à contenir, car elle ne se répandrait pas à cet endroit exposé aux regards des ennemis.

De leur coin, les nains l'observaient avec leur sourire de plâtre qui, cet après-midi-là, semblait plus large et plus moqueur.

De retour à la maison, elle vit, à travers la baie de la salle de séjour, un mouvement que le reflet du soleil l'empêcha d'identifier ; puis, en s'approchant, elle observa l'air furieux et las de son mari qui, traçant de larges cercles, passait un chiffon humide sur les vitres. A côté de lui, Javier le surveillait sévèrement et levait, de temps à autre, une main vers tel ou tel endroit de la fenêtre en lui donnant des directives.

Elle fut soulagée quand elle vit que Pablo n'avait pas remarqué sa présence. Mais elle n'essaya pas, ou ne put pas, effacer de ses traits une affliction qui semblait définitive.

Dorotea l'arrêta dans le vestibule. Tout en l'observant, elle protesta, plus irritée que sarcastique :

— Je ne sais pas pourquoi vous avez toujours cet air dégoûté. Maintenant que vous avez arrêté de flemmarder et que vous travaillez, vous n'avez pas à vous plaindre, vous ne manquez de rien, vous avez de quoi manger, un lit propre et, si vous vouliez, vous pourriez regarder la télévision avec nous, le soir. Vous croyez que tous les patrons traitent leurs domestiques comme ça ?

Puis, tandis qu'Isabel, sans répondre, sans lever les yeux vers elle, faisait un petit détour pour éviter l'obstacle de son corps, elle ajouta d'un ton blasé :

— Mais il n'y a rien à tirer de vous, vous êtes des emmerdeurs ; bien qu'on fasse tout pour vous mettre à l'aise, vous continuez à faire la gueule !

Une fourgonnette bleue et une voiture, qui arrivèrent en soulevant un nuage de poussière par le chemin des collines, franchirent la barrière et s'approchèrent de la maison. De chaque véhicule descendit un groupe d'hommes.

Javier Ramírez ouvrit la porte ; il portait une veste blanche, un nœud papillon noir et un pantalon de couleur foncée.

Les hommes entrèrent sans s'arrêter devant le domestique, qui essaya de poser une question, et se dirigèrent vers la salle à manger où Martí, debout et silencieux, les regardait sans trop y croire, sans se décider à faire un pas en avant, comme s'il n'avait même pas la force de les saluer.

— Don Martí, cela fait si longtemps ! dit en s'approchant de lui et en tendant la main, un homme gigantesque, aux bras gros comme des cuisses et qui ressemblait à une armoire à glace et, malgré tout, souple et agile. Près de lui, Bermúdez, le patron de l'entrepôt, tendait lui aussi sa main au vieil homme qui avait visiblement vieilli depuis son dernier voyage au village, comme si tous ces mois avaient été pour lui des années. Les policiers attendirent dans le vestibule, près de la porte d'entrée de la maison.

Martí serra ces mains sans la joie qui caractérise les retrouvailles entre amis, crispé, comme si quelque chose l'inquiétait.

Le géant, dont les gestes étaient précis et rudes, s'adressa d'une voix autoritaire à Javier et lui dit :

— Retirez-vous. Nous devons parler avec don Martí.

Le domestique hésita, parut surpris. Il essaya de rester en balbutiant un prétexte :

— Monsieur est encore faible, suite à sa grippe, je dois lui donner un cachet.

Et il tenta de s'approcher de Martí.

Mais la voix autoritaire l'arrêta :

— Ne bougez pas ! Aussitôt, s'adressant à Martí, il lui demanda : Où est votre femme ?

Martí hésita, puis dit :

— Elle est allée se promener avec Sofía, la femme qui travaille ici.

— Bizarre, nous ne l'avons pas vue sur le chemin.

— Elles sont sûrement de l'autre côté.

Bermúdez fit tout son possible pour le faire changer d'attitude, pour qu'il retrouve sa cordialité, abandonne ses réticences, mais il semblait étranger à la présence de ses amis chez lui. Il lui demanda d'un ton enthousiaste :

— Quand est-ce que vous allez descendre au village, don Martí ? Vous manquez aux garçons du bistrot ; quant à don Salustiano, je ne vous en parle même pas.

Sa réponse fut aussi atone que ses autres phrases :

— Dès que je serai remis de ma grippe, j'irai. Puis il ajouta : Envoyez-leur à tous le bonjour, dites-leur que, moi aussi, j'ai envie de les voir.

Bizarrement, Martí ne leur proposait pas de s'asseoir pour bavarder ni de boire une bière. Les tentatives de Bermúdez pour retrouver l'homme affectueux et lucide qui manquait à tout le monde se révélèrent vaines ; ce nouveau comportement, presque austère, était peut-être dû, pensa Bermúdez, à la grippe, dont les conséquences sont imprévisibles chez les personnes âgées.

— Très bien, don Martí, vous avez l'air fatigué, aussi nous n'allons pas vous casser les pieds plus longtemps.

Le vieil homme essaya de sourire, mais il ne répondit pas.

— Vous n'avez besoin de rien ?

Martí tourna rapidement les yeux vers Javier, puis répondit aussitôt d'une voix éteinte :

— De rien.

— Sûr, don Martí ?

— Sûr.

— Donc, nous repartons, ajouta Bermúdez.

Devant le silence de Martí, le groupe quitta la salle de séjour. Une dernière tentative de Bermúdez, une phrase et un geste affectueux se heurtèrent au même mur, comme s'il ne restait rien des années d'amitié. Les hommes se dirent au revoir en se serrant la main, se dirigèrent vers la sortie et quelqu'un ouvrit la porte, mais, à cet instant, un bruit aigu, un gémissement, les fit se retourner et regarder vers le fond du vestibule : près de la porte fermée de la grande chambre à coucher, une petite boule grise, le chat d'Isabel, ne miaulait pas mais gémissait tout en grattant désespérément le bois.

— Cirilo ! s'écria le commissaire.

Un grand garçon dégingandé, au visage sombre, ouvrit sans ménagement la porte de cette chambre qui était peut-être fermée à clé.

Isabel était sur le lit ; elle avait l'air évanouie. Dorotea tenait un fusil contre sa poitrine.

D'un seul mouvement, inattendu, qui n'était même pas un saut, le géant se retrouva derrière le domestique. Il le prit par les bras et s'écria de nouveau :

— Cirilo !

Le garçon sortit de son gousset une arme que son pardessus cachait et lui aussi, d'un seul mouvement, en introduisit le canon dans la bouche du domestique.

En entrant dans la chambre, sans s'arrêter, sans hésiter une seconde qui aurait pu permettre de réfléchir et de trouver une réponse, le géant, regardant Dorotea, s'écria :

— Avant que je compte jusqu'à trois, rends ton fusil, sinon celui-ci, on lui fait exploser la tête et toi, je t'arrache les yeux et j'allume des allumettes dans les trous.

— Un.

— Deux.

Le visage du géant prit alors un air encore plus féroce, comme s'il était ravi de faire ce qu'il venait d'annoncer. Dorotea baissa les yeux pour éviter son regard implacable ; il n'en fallut pas plus pour que l'homme qui était à côté d'elle lui arrache son arme.

Il se passa alors quelque chose que tous ceux qui étaient dans la pièce ne comprirent pas immédiatement, quelque chose de si rapide qu'ils n'en crurent pas leurs yeux, une grosse tache grise sauta de la table de nuit qui était près du lit et, comme en volant, effleura la joue de Dorotea en y laissant des sillons profonds et sanglants, puis elle se précipita en miaulant entre les jambes des hommes pour s'enfuir dans le couloir.

Martí, se penchant vers Isabel, lui dit à l'oreille :

— Tout est fini, ma chérie, tout est fini, le commissaire est venu et il les embarque…

Puis il s'approcha des autres qui attendaient à la porte. Il ne réussit qu'à balbutier, peut-être étranglé par l'émotion :

— Je ne sais comment vous remercier…

Bermúdez l'interrompit :

— Si vous saviez comme vous nous manquiez, don Martí.

Et tandis que le commissaire, plus formel, disait :

— Vous n'avez pas à nous remercier, don Martí, nous n'avons fait que notre devoir.

Bermúdez reprit la parole :

— Au bistrot, au moment de l'apéritif, tous les jours, les garçons voulaient venir vous chercher. Puis il expliqua : C'est don Salustiano qui a eu la puce à l'oreille à cause de quelque chose qu'il a entendu au poste d'essence et il nous a passé le mot. Lui aussi regrettait…

Il y eut un instant de silence durant lequel apparut parmi ces hommes qui essayaient de dissimuler l'émotion due aux retrouvailles l'image paisible et affable du pharmacien ; peut-être pour sortir de la gêne que ce sentiment provoquait, Martí s'écria, mais sans trouver le sourire qui rendrait ses mots moins graves :

— Don Salustiano se fait du souci pour tout le monde, je ne sais pas ce qu'on ferait sans lui.

Quand elle passa, menottes aux mains, devant Martí, pour monter dans la fourgonnette bleue qui la mènerait au village, Dorotea lui jeta un regard haineux ; elle tapotait sa joue avec un mouchoir plein de sang ; mais il ne lui rendit pas son regard, comme s'il ne remarquait plus la présence de cette femme dans la maison. Il se contenta de demander en s'adressant au commissaire :

— Je dois venir au commissariat pour porter plainte ?

— Ne vous inquiétez pas pour ça, don Martí. Ils ont été pris en flagrant délit, ce qui fait que je peux faire le rapport moi-même. Mais il ajouta : Si, plus tard, vous devez venir au commissariat, je vous le ferai savoir.

Au moment de monter dans la fourgonnette, Javier s'arrêta devant sa sœur et cria, furieux, "C'est ta faute, imbécile ! je te l'ai déjà dit". Le commissaire, qui avait de bons réflexes, arrêta net le coup de menottes qui s'apprêtait à tomber sur le visage de Dorotea.

Bien que les Martí aient dit qu'ils allaient bien, après avoir replacé le distributeur sur leur voiture – que, obligé de le rendre, Javier avait sorti du tiroir où il l'avait caché –, ils iraient au village pour que le médecin examine Isabel. Ils expliquèrent aussi qu'ils téléphoneraient à leur neveu et passeraient sûrement une ou deux nuits à l'hôtel pour se changer les idées et oublier ce qu'on leur avait fait subir. Même s'ils répétaient qu'ils se sentaient heureux et qu'ils ne voulaient pas importuner davantage, Bermúdez refusa de repartir avec les autres : il resterait pour les aider en cas de besoin et retournerait avec eux au village. Attitude habituelle et discrète des gens de la région, solidarité qui ne passait pas par de grands mots et sur laquelle on pouvait toujours compter.

L'adjoint du commissaire rangea dans le coffre-fort les papiers des prisonniers et s'assit pour attendre son chef.

On n'entendait dans la petite pièce que le vrombissement des pales du ventilateur du plafond et le grincement métallique et ininterrompu d'une grille invisible. Les prisonniers, menottes aux mains, observaient, abattus, les carreaux du sol, les murs sales et l'étroite fenêtre qui les retenaient prisonniers.

Il y eut une mimique de Sofía, peut-être une question, et un hochement de tête de Javier.

D'un ton doux, regardant le jeune homme qui était assis et silencieux devant eux, Sofía lui demanda :

— Comment vous appelez-vous ?

Le garçon hésita. Il observa les prisonniers, un peu craintif – peut-être lui avait-on interdit de leur parler –, puis ses yeux se portèrent sur le visage paisible de la jeune femme qui avait posé la question et, comme si quelque chose le mettait en confiance, il répondit à voix basse :

— Cirilo.

— Ça fait longtemps que vous travaillez au commissariat ?

— Quelques années, pas plus.

Sofía, approchant sa chaise de celle du garçon, comme si elle voulait lui parler sans que les autres entendent ses paroles, dit :

— Ce doit être très triste d'enfermer les gens, non ?

Elle prit un air de componction, comme si ce n'était pas sa situation qui l'inquiétait, mais celle de celui qui devait la surveiller.

Suivirent un hochement de tête et un petit air timide, peut-être d'acquiescement.

Sofía poursuivit :

— Surtout quand vous devez enfermer des innocents. Après une pause où elle parvint à ce que le garçon lève les yeux et regarde les siens, d'une voix presque imperceptible, elle ajouta : Comme moi, qui ai été trompée là-bas, on m'avait dit qu'on allait s'occuper de petits vieux, et ces deux ont fini par devenir les maîtres, en nous soumettant à leurs ordres moi-même et les vieillards, en nous faisant vivre un enfer. Et, montrant d'un léger hochement de tête les autres, elle conclut : Je crois qu'ils sont fous.

Comme si elle exprimait ainsi son angoisse, elle posa une main sur la cuisse de Cirilo et, s'approchant de son visage, elle lui demanda :

— Regardez-moi, j'ai l'air d'une délinquante ? Vous croyez, vous, que j'aurais été capable de faire ce qu'ils ont fait ?

Elle leva son autre main vers le visage du garçon, mais les menottes l'en empêchaient, si bien que ses deux mains étaient maintenant posées sur sa cuisse qui semblait pétrifiée, incapable de se soustraire à cette caresse légère et tiède de jeune peau et, esquissant un sanglot, elle s'écria :

— Vous ne pouvez pas vous imaginer ce que j'ai subi ces derniers mois, enfermée dans cette maison, témoin de l'angoisse des petits vieux, sans pouvoir rien faire… Alors qu'elle était contre lui, elle lui demanda : Vous trouvez juste qu'on me jette en prison pour ce qu'ont fait ces deux-là ? Vous, Cirilo, qui avez une tête de brave garçon, dites-moi, vous trouvez ça juste ?

Cirilo ne put répondre. Il sentait le feu de ces mains menottées sur sa cuisse et la proximité de ce visage aux beaux traits qui, lorsqu'il parlait, exhalait une odeur de menthe, ce visage fin et joli, si différent de celui d'Eugenia, rond, bonasse et sans grâce, avec qui il traînait, depuis l'enfance, d'ennuyeuses fiançailles.

Cirilo ne put répondre ni bouger ; il était paralysé.

Sofía prit en se levant un bras du garçon pour qu'il en fasse autant et lui demanda à l'oreille :

— S'il vous plaît, Cirilo, allons chercher les clés, comme ça vous m'enlèverez les menottes, puis vous déciderez si vous me laissez partir, tout compte fait pour la prison, il vous reste ces deux-là, s'il vous plaît, Cirilo.

Comme subjugué par ces mots et ces prières, le garçon se releva, n'essaya pas de libérer son bras des mains qui, maintenant, semblaient le caresser et se dirigea vers la porte fermée de la pièce. Quand il l'ouvrit, l'énorme silhouette du commissaire en boucha l'embrasure, empêchant cet étrange couple formé par Cirilo et la femme accrochée à son bras de passer et entra dans le local.

Comme s'il voulait s'en tenir à des ronchonnements, avec plus la bienveillance d'un père que la sévérité d'un chef, le commissaire dit :

— Cirilo, mon garçon, qu'est-ce qui t'arrive ? La première petite putain venue te fait perdre la tête ? Qu'est-ce que c'est que ça ?... Il me semble que je vais devoir en parler à Eugenia. Puis il s'assit en face des prisonniers et, du ton sec d'un fonctionnaire, ordonna : Commence à faire le rapport, Cirilo.

Tandis que le garçon se débattait avec la vieille Olivetti pour la faire fonctionner et cherchait les feuilles de papier réglementaires, le commissaire alluma une cigarette, observa attentivement les prisonniers, hocha la tête et dit :

— Quels imbéciles ! Vous allez en prendre un max pour séquestration et je crois que dans la merde où vous êtes vous risquez aussi d'être accusés de tentative d'homicide. Je vous confie au juge et vous allez croupir en taule. Dix ans minimum.

Il se servit du vermouth, pour lui et son adjoint, mangea quelques morceaux de salami, et regarda en souriant les prisonniers, fier de ses menaces.

Plus tard, assis à côté d'eux dans la fourgonnette qui les conduisait maintenant à l'extérieur du village, le commissaire recommença à parler du sombre avenir qui les attendait. Ensuite, regardant dehors, comme si la campagne le rendait plus léger, il dit :

— Il est vrai que je peux faire traîner le rapport. L'enquête sur des faits qui se sont passés si loin du village peut prendre du temps, il suffit de le décider. Par ailleurs, le tribunal est à deux cents kilomètres d'ici. Il eut l'air de calculer quelque chose et ajouta : Je peux faire traîner le rapport un bon bout de temps avant de l'envoyer au juge.

Les prisonniers se regardèrent sans comprendre.

Le commissaire poursuivit ses explications :

— Le salaire est minable, aussi il faut ajouter l'entrée, parce que la marmite ne suffit pas.

Il était absurde de leur demander de l'argent, en effet les policiers avaient déjà inspecté leurs portefeuilles vides.

— C'est pourquoi Cirilo, les autres garçons du commissariat et moi, on a une ferme ; des cochons, des poules, des carrés de maïs, enfin, des trucs comme ça, rien d'important ; autrefois, on élevait des veaux, mais ça n'a rien donné, on a dû les liquider. Tout est légal, nulle malversation. Mais on a toujours besoin d'ouvriers agricoles ; on a du monde, mais il nous faut quelques bras supplémentaires ; et on n'a pas d'argent pour les payer.

La fourgonnette s'arrêta pour que Cirilo aille ouvrir la barrière. Dans les minutes qui suivirent, durant lesquelles défilèrent le long des étroites fenêtres des épis de maïs, des rangs de tomates et les mines renfrognées de quelques hommes qui retournaient de la boue et des ordures dans une immense porcherie, le commissaire ajouta :

— J'ai appris que vous étiez venus par ici parce que vous vouliez être domestiques, vous allez vous en donner à cœur joie : deux petites années à la ferme !

Tandis qu'ils descendaient du véhicule, que Cirilo leur ôtait les menottes et qu'un groupe d'hommes qui avaient l'air féroce s'approchait pour voir les étrangers, le commissaire expliqua :

— Je prendrai mon temps pour faire le rapport et, pour l'instant, je laisse les noms en blanc. Si vous faites des étincelles à la ferme, il y aura d'autres noms à la place des vôtres quand je l'enverrai au juge, des inconnus, sans papiers, qui ont fini par s'enfuir. Sinon, comme vous le savez, au moins dix ans de cabane, au bas mot. Il ajouta aussitôt, en faisant une moue qui n'avait rien d'encourageant : Et si vous faites les fous, si vous ne travaillez pas ou si vous essayez de vous tirer, vous passerez un mauvais quart d'heure, ces garçons ont de ces putains de mains ! s'ils vous touchent la tronche, vous allez vous retrouver encore plus moches qu'avant. Et comme si c'était trop peu, je vous envoie aussitôt chez le juge, menottes jusqu'au pubis, si ces dames veulent bien me passer l'expression. Au cas où, il rajouta : Si vous vous échappez, dans une heure vous êtes de retour ici. On a une radio, d'accord ? Il sourit en concluant : Vous n'avez pas à vous plaindre, je suis généreux, au lieu de dix ans de cabane, deux petites années de boulot bénévole dans une ferme. Il s'adressa aux hommes qui s'étaient rapprochés : Ces gens devront faire ce que vous leur demanderez. Il paraît qu'ils aiment être domestiques, ce qui veut dire qu'ils ne rechigneront pas à la besogne.

A ces mots, les bouches édentées de ces hommes esquissèrent une grimace qui se voulait peut-être un sourire ou toute autre façon d'exprimer leur satisfaction.

La ferme était une étendue de terre occupée dans le plus grand désordre par l'immense porcherie qui formait apparemment le plus grand corps du bâtiment, la mare aux canards, le poulailler, un enclos entouré de fil de fer barbelé où étaient enfermés des chevaux étiques et désœuvrés, les rangs de tomates et de maïs qu'ils avaient vus en entrant et, au milieu, le vaste campement délabré où les ouvriers agricoles cohabitaient et entraient en toute liberté les poules, les poussins et le coq.

Deux chiens s'approchèrent en montrant leurs crocs aux étrangers mais l'un des hommes les chassa.

Le commissaire donna ses dernières directives aux ouvriers :

— Vous avez compris ce qu'il fallait faire avec eux : celui qui ne travaille pas ne mange pas et une rouste à celui qui fait preuve de mauvais esprit. Il dit en montrant Dorotea : Celle-ci, c'est la pire. Qu'elle balaie le campement à l'aube, fasse les lits, puis travaille dans les champs ; elle doit savoir manier la pelle. Elle fume comme un pompier ; mais ici la vie est saine : une calotte fait voler le premier mégot que vous lui voyez entre les doigts. L'autre, vous la mettez aux fourneaux, à savoir si vous allez enfin manger correctement et non la merde que vous avez connue jusqu'ici. Puis il posa une main sur la poitrine de Javier et, s'adressant à l'un des ouvriers, un homme presque aussi grand que le commissaire, à visage d'Indien, au teint plus foncé que les autres, il dit : Celui-ci, toute la journée à la porcherie ! Il ne retourne au campement que pour dormir et mange avec les cochons. Et tu ne le perds pas de vue, pas question qu'il essaie de se tirer, d'accord ?

— Oui, patron, dit l'autre en posant une main noire et énorme sur le bras du domestique.

Après avoir passé quelques jours à l'hôtel du village, les Martí retournèrent chez eux. En l'absence de présences extérieures et hostiles, le silence paisible des pièces était étrange, agréable et étrange ; ils avaient récupéré leur foyer. Ils parcoururent le jardin et la maison comme s'ils ne les avaient pas revus depuis des mois et des mois.

Ils observèrent longuement la pièce exiguë du fond pour avoir le plaisir de retrouver leur grande chambre à coucher, avec le lit qu'ils avaient toujours connu, la haute et grande fenêtre, la descente de lit en laine et le tapis du chat, les pipes et le tabac.

Ils se couchèrent tôt.

Martí se leva à huit heures. Il arpenta le potager, arrachant les mauvaises herbes, nettoyant les pieds de laitue, les chapelets d'oignons, les appétissants choux pommés, installa des tuteurs pour retenir les plants de tomate et creusa à la pelle de petits sillons, délaissés depuis des mois, pour irriguer. Puis il remonta à leur chambre.

Isabel dormait, une main posée sur ses yeux comme si elle voulait les protéger de la lumière et prolonger la nuit, une paisible et douce expression, presque un sourire, sur le visage.

Martí lui toucha l'épaule :

— Isabel, dit-il.

Pour toute réponse, il entendit un léger sifflement.

— Isabel, il est neuf heures.

Un petit mouvement, qui cessa aussitôt, remua l'oreiller : Isabel continuait à dormir d'un sommeil heureux.

Martí secoua alors, sans violence mais plus énergiquement, l'épaule de sa femme et dit d'une voix plus haute :

— Isabel, il est neuf heures, l'heure du petit déjeuner.

Isabel se réveilla, la tête ailleurs, s'arracha à ses doux rêves, observa, consternée, la chambre à coucher comme si c'était la petite pièce du fond et, surprise, regarda un instant son mari.

Puis, seule dans la pièce, elle s'habilla sans se presser, rangea des habits sur les étagères du placard, joua avec le chat qui se frottait le dos contre elle en gémissant de plaisir et, durant un bon moment, contempla, heureuse, par la fenêtre les collines du fond, le ciel dégagé, le jardin que le scintillement de la rosée rendait lumineux et les rosiers mutilés qui ne tarderaient pas à refleurir.

Elle se dirigea vers la cuisine en chantant comme elle le faisait tous les matins avant l'arrivée des intrus et prépara le petit déjeuner.

Quand Isabel entra dans la salle à manger avec le plateau, Martí, déjà assis, consulta sa montre et dit, contrarié :

— Il est neuf heures et demie. Tu as une demi-heure de retard.

Et quand Isabel posa sur la nappe la cafetière, la corbeille de tartines grillées, le beurre et les pots de miel et de confiture, Martí, d'un air qu'Isabel ne lui connaissait pas, sur un ton sec de reproche, fit remarquer :

— Mais bordel, il manque le jus d'orange !

OUVRAGE RÉALISÉ
PAR L'ATELIER GRAPHIQUE ACTES SUD
ACHEVÉ D'IMPRIMER
SUR ROTO-PAGE
EN MARS 2025
PAR L'IMPRIMERIE FLOCH
À MAYENNE
POUR LE COMPTE DES ÉDITIONS
ACTES SUD
LE MÉJAN
PLACE NINA-BERBEROVA
13200 ARLES

DÉPÔT LÉGAL
1re ÉDITION : AVRIL 2025
N° impr. : 106575
(Imprimé en France)